城市

Homeless

隐者

王连权　著

中国出版集团
东方出版中心

图书在版编目（CIP）数据

城市隐者 / 王连权著. -- 上海：东方出版中心,
2023.11
　ISBN 978-7-5473-2301-4

　Ⅰ.①城… Ⅱ.①王… Ⅲ.①长篇小说-中国-当代
Ⅳ.①I247.5

中国国家版本馆CIP数据核字（2023）第223199号

城市隐者

著　　　者	王连权
责任编辑	周心怡　徐建梅
装帧设计	青研工作室

出 版 人	陈义望
出版发行	东方出版中心
地　　址	上海市仙霞路345号
邮政编码	200336
电　　话	021-62417400
印 刷 者	昆山市亭林印刷有限责任公司

开　　本	890mm×1240mm　1/32
印　　张	6.75
字　　数	132千字
版　　次	2024年1月第1版
印　　次	2024年1月第1次印刷
定　　价	58.00元

目 录

01 >>　没有告别的告别　...001

02 >>　小虎的流浪故事　...009

03 >>　无家可归者之家　...016

04 >>　风吹着未来也吹着过去　...023

05 >>　追忆似水年华　...030

06 >>　破碎的家庭，叛逆的青春　...035

07 >>　福娃有福　...038

08 >>　一名社工的"负能量"：谁让天使失了语言　...044

09 >>　沙盘上的无家可归者之家　...049

10 >>　走出困境，点燃未来的希望　...055

11 >>　刮汗哥的葵花宝典：二十大奇葩乞讨　...060

12 >>　拾星的孩子　...067

13 >>　停滞的无家可归者之家　...073

14 >>   走失精神病人的回家路   ...077

15 >>   人生跌宕的阿明   ...082

16 >>   为流浪精神病人找到回家的路   ...087

17 >>   我不是坏人   ...092

18 >>   见证生命绽放的感动   ...098

19 >>   奇奇的不奇之处   ...104

20 >>   往事不堪回首   ...108

21 >>   城市有爱，与无家可归者为友   ...114

22 >>   "乞讨致富"初体验   ...122

23 >>   用心陪伴，传递温暖   ...127

24 >>   我是你流浪过的一个地方   ...133

25 >>   关怀无家可归者，社会力量在行动   ...137

26 >>   不欢而散的乞讨组合   ...141

27 >>   孤独的世界，行走的拐杖   ...146

28 >>   相依为命的残疾夫妇   ...151

29 >>   无家可归者之家，公益小镇   ...157

30 >>   "发明家"王伯的回家路   ...162

31 ≫　为耄耋乞讨老人完成心愿　...168

32 ≫　东站的月光　...172

33 ≫　回家，我要回家　...178

34 ≫　迷途漫漫，终有一归　...183

35 ≫　流浪救助，让爱回家　...189

36 ≫　好好生活，一切都会好起来　...194

37 ≫　无家可归者之家　...200

后记　让漂泊的心不再流浪　...206

01 没有告别的告别

我的心脏手术即将开始。

冰凉的麻醉药进入血管，意识稍稍模糊，护士整理物品，叮叮当当。

"护士长，准备好了？"

"主任，还不行，麻醉效果不佳……"

"怎么会这样？"

"上次也是这样。"

"手术取消！"

伴随着熟悉的梦境醒来，我慢慢睁开眼睛。

"小虎哥，醒了，我刚才看见你不停地挥手。"社工阿欢坐在我身边，按照之前的约定，他和王朝马汉今天要陪我去医院体检。

"又做梦了。"我坐起来。

我叫小虎，是一名无家可归者。因为留着一头瀑布般的长发，很多人习惯叫我"长毛"，我感觉特别亲切。

这是我在南州流浪的第十年。十年里，乃至之前的十四年，我一直在四处流浪与漂泊。自从十六岁时检查出先天性心脏病，我的身心便开始流浪。至于是如何检查出来的，为什么没有治疗的价值，以及父母是否因为高昂的医疗费而放弃治疗，我记忆模糊。在那年检查出先天性心脏病后我再没有体检过，很多次徘徊在医院门口，都没有走进去。

在社工阿欢、王朝马汉的陪护下，我进行了有生以来的第二次体检。左呼右拥，好不热闹。王朝马汉帮忙留意叫号、拿化验单，阿欢则拿着摄像机，跟着我楼上楼下地跑，引得旁人不断注目。社工想留下点资料，证明陪同过服务对象就医问诊，有过救助、帮扶。我完全可以理解，答应了录像，虽然我不习惯这样出风头。

我应该没有下一次体检的机会了。我全力配合，极力把脸部转向摄像机，表情认真而平静。能够有影像证明我曾经来过这个世界挺好。能够有人见证我从容不迫或是无路可退地面对死亡也很好。这个世界，我来过，我爱过，我也恨过。可要恨谁呢？

体检结束，医生把阿欢、王朝马汉叫到办公室聊了很久。没有治疗方案，没有药物，他们从医生办公室出来，一下子不知道怎么跟我搭话。我们静静地站了几秒钟。我倒是轻松了很多，感觉四周那些焦虑的面孔离我很遥远。王朝马汉把化验单叠好，拿给我，好像鼓起了所有勇气，跟我说，我们去吃一顿。从王朝马汉和阿欢委婉的转述里，我明白医生的意思：先天性心脏病能够活到四十岁左右，已经是个奇迹。

这餐饭我吃得很慢很认真，我确实好久没有来过如此高大上的地方，生猛海鲜、特色小炒，一应俱全，王朝马汉和阿欢热情周到，小心翼翼地陪着我吃饭、聊天。虽然没有奇迹，但我还来不及悲伤和绝望，因为历经过的悲伤和绝望早已太多太多，有些麻木，难以觉察。有那么一瞬间，我对死刑犯临刑之前的最后一餐饭有了探究的兴趣，因为担心影响他们两个人的情绪，我没有展开有关于此的谈论。

告别王朝马汉和阿欢，我一个人返回火车东站。其他流浪人员还没有回来，我静静地躺在二楼平台的角落里。附近的中天广场高耸入云，远处的电视塔在云朵里时隐时现，旁边售票厅传出售票员不厌其烦的声音：保险要不要？好的。下一位！

我闭上眼睛。有路过的行人在播放歌曲《越长大越孤单》，"越长大越孤单，越长大越不安，也不得不，打开保护你的降落伞，也突然间明白未来的路不平坦……"

此时的我，不仅仅是一种孤单。

能够参加这次体检，有赖于社工阿欢、王朝马汉的帮助，为我筹集体检经费。四年前，我第一次接触社工。当王朝马汉、阿欢向我解释社工、助人自助、个案帮扶、寻亲返乡时，我似懂非懂。当他们向我讲解我们这样的群体需要"返乡""自强自立""积极改变"的时候，我个人并不太认可，南州是所有人的南州，为什么我不能在南州流浪呢？

伴随着社工和志愿者的出现，我们这些流浪乞讨人员、我们这些城市的边缘群体，不再被随随便便地称呼为"流浪汉""盲流""乞丐""要饭的"，而是有了一个稍显中性的称谓：无家可归者，有了一个可以倾诉的机会，有了一种可以改变的可能。

流浪漂泊的二十四年里，我不抽烟、不喝酒、早睡早起、不干重活、不挑重担、不胡思乱想、不谈恋爱，但奇迹依然没有出现。我还是时常心慌、乏力、面色苍白、持续性呼吸困难。可我从没放弃对于奇迹的期待。

四十岁的生日快到啦。我要坚强地活下去。我要等待妹妹的祝福。第二次体检带来的好处总结如下：知道没有奇迹后不需要再等待了，多年耳聋的毛病突然之间好了。但我依然装作耳聋的样子，因为周围的人一直习惯大声跟我说话，或者用笔交流。

我买了一盒烟，偶尔偷偷抽半根；一小瓶江小白，藏在口袋里，夜深人静的时候，打开闻一闻。不曾尝试过的东西，总会给人带来莫名的期盼和逾越的冲动。

我给妹妹发了一条短信，说我近期总是感冒咳嗽，拾荒的收入越来越少。她打来两百块钱。妹妹在老家县城的小宾馆做服务员，每月才两千元左右。谢谢妹妹，她总是毫不犹豫地接济我。

我连续吃了几天砂锅粥：只点猪心粥，一日三餐都这样。直到看到猪心粥时心慌气短，感觉呼吸一下子特别急促，我才选择放弃。

我准备了一个本子，想记录一点什么，反复画了几个不同大小的心形图案，一直不确定要写些什么。画画是我从小到大唯一的爱好，在确定为先天性心脏病之前，我的梦想是成为一名画家。我一直对于自己画的心形图案不是太满意。有一天，路过一家搞免费促销活动的文身店，我去店里在心脏位置文了一个心形图案。

那几天，社工王朝马汉和阿欢天天过来，劝我回家。我明白社工的意思：叶落归根。

我的据点在火车东站，二楼出发平台遮风避雨，慢慢地成为流浪者的露宿地，常常聚集十来个无家可归者，有残疾人、有老人家、有年轻人。有人借酒消愁，有人一言不发，有人是离家出走。

白天的时候，很多无家可归者选择外出拾荒，或者到快餐店、垃圾桶里捡些吃的，也有个别人外出乞讨。晚上的时候，大部分无家可归者聚在一起打打牌、喝喝酒，等待着公益团队不定时地过来派餐。

　　因为各种各样的原因，回不去的故乡、待不下的他乡，成为无家可归者最为真实的写照。"天地是我家，吃饭靠大家。"我们常常这样自我安慰。我们是城市的一员，但更像是城市里的"隐者"，游离在边缘，孤独而沉默地存在着，很难给城市的发展做出积极的贡献。我们经历了什么，难以界定。我们成为一个群体，一个特殊的存在。

　　社工、志愿者几乎天天来，就是聊天，不停地用本子记录。他们有时候坐在地上，盘着腿，擦着汗。依我看，成效不大，但社工、志愿者还是经常来。慢慢地，彼此熟悉起来。

　　救助队也过来找我，劝我去救助站。救助站去过太多次，我不好意思再去。

　　我不想回家。我不想就这样回家。面对唉声叹气的父母，面对貌似熟悉的街坊。

　　面对社工的坚持、救助队的劝导，我只能假装准备要回家。陆续跟几位熟悉的朋友告别，收拾薄薄的行装。社工准备送我去救助站，通过救助站返乡，可以资助我一张车票。我解释说妹妹打了好多钱过来，过几天可以自己回家。

　　一个大雨滂沱的夜晚，王朝马汉和阿欢来到火车东站的二楼平台，送我一大包衣服、洗漱用品和食物。第二天凌晨，我在被子底下，发现一个信封，里面有几百块钱。

火车东站的二楼平台还沉浸在夜色里，对面的高楼大厦笔直地矗立着，闪烁着忽明忽暗与不冷不热的神情。

我难以准确描述我与南州这座城市的连接。有信赖，有依赖，还有恋恋不舍。因为流浪，我的青春岁月在这里并没有开花结果。所以，我还是要留下来。

对于回家，我没有任何准备。回家，无非就是面对似曾熟悉而又陌生的一切。

对于死亡，我也没有任何准备。所谓死亡，应该是结束熟悉的一切。想到死亡会有恐惧，如果熟悉的都没有了，我们还剩下什么？但是，对我而言，什么又是我所熟悉的呢？

凌晨时分，我独自出发。我的好朋友锤子和刮汗哥还在酣睡。

我要先去一下附近的废品收购站，把近期捡到的废品卖掉。走上差不多一个小时，我来到废品收购站。这里二十四小时营业，和老板比较熟悉，废品一共卖得五十块钱。

老板有一台电动三轮车，问我要不要。手续不全，便宜处理。我试了试，比较好开，二百五十元成交。

朦朦晨光中，我骑上电动三轮车上路。去哪里不知道，担心有查车，只能往郊区开。中午时分，有些累，在城郊接合部的铁路桥下，我准备歇息一下。

周围都是花场、果园、菜地和鱼塘，铁路桥下有个足球场大小的空地，还有一个破败的铁皮板房，应该是施工完成后留下来的。

把车子推进板房，简单收拾一下，躺在里面整整睡了一天。夜色渐晚的时候，才醒过来，饿醒啦。

不得不考虑下一步的生活。在火车东站总有救助部门、社工、志愿者来送温暖，吃饭不成问题。还有好多同伴，一起聊聊天或者发发呆。实在难以维持，也能够在垃圾桶里找到吃的。而这里人迹罕至，一旦身体不适，一个人都找不到。

怀念东站与东站的伙伴。很想回东站去。至于车子，可以藏起来，或者再卖掉。

妹妹发来短信：祝哥哥生日快乐。

四十岁的生日终于到了。

我把吃的都摆出来，饼干、水、面包，还有几天前捡到的苹果。饿了，却没有食欲。

社工王朝马汉发来短信：到家没？我回复说：快了，车晚点，我先到我妹妹家。

妹妹又发来短信：哥，回来吧，南州的社工已经联系我了，说了体检的情况，爸妈也很担心你，回来吧，哥！

我恍惚了一阵子，回复妹妹：好的，别担心，我尽快回去。

呼吸偶尔会很难受，我清楚我的时间不多了。四十岁的生日里，我能做点什么呢？一个人去庆祝，一个人发呆，还是一个人去回忆？

我忽然很想知道如果不是得病，我会成为一个什么样的我？

如果不是这个病，或许我已经有了一个幸福美满的家庭，每天朝九晚五，忙碌而充实。可能也会像阿欢、王朝马汉一样做社工，为无家可归者奔波着。周末的时候，给父母打打电话，报个平安。闲暇的时候，踢踢球、喝喝酒，偶尔耍耍酒疯也无妨。

从呱呱落地之日起，生活所赋予我们的动力和支持系统各不相同，人们的生活轨迹仿佛天女散花一般特色各异，分不清哪些是好的、哪些是对的。多年以后，蓦然回首，才发现各自走在不同的道路上。

现在，就在现在，我什么都没有，只有一台无法光明正大上路的三轮车，还有桥下一片不属于我的土地。

我摊开本子，把今天的行程记录下来。心形图案已经很久不画，再也不知道要写些什么。

周围有一些纸片，我捡起来，叠好。一张硬纸壳的光碟封面引人注目，是1997年的美国电影《无家可归者之家》：讲述的是一个中年男人由于公司不景气而遭裁员，成为一个无家可归者的故事。

放下《无家可归者之家》的封面，受到了一些启发，好吧，我也建设一个属于自己的"无家可归者之家"：里面有我的生活、我的喜怒哀乐，以及所有美好的向往。

02　小虎的流浪故事

我叫王朝马汉，是一名社工。自从几年前开始，在政府购买服务的推动下，我投入开展流浪乞讨人员社会工作介入服务项目以来，有无奈，有无助，也有感动，真是一言难尽。

对于小虎的体检本来没抱什么期待，但在阿欢的坚持下，我只能一起过去。阿欢太善良、太认真，专业社工介入流浪乞讨人员救助服务工作只能聚焦特殊群体：老人、小孩、女性、流浪家庭、流浪精神病人。

为了增加下一轮项目招投标工作中标的可能性，我近期的主要精力在编撰服务故事集《故事1+1：我们与无家可归者在南州的相遇》(内部汇编)，用于推广交流。

小虎的流浪故事
鼎力为仁社会工作服务中心　阿欢

(一)

"小虎，过来一下！"

刚从彩超室走出来的小虎又被医生叫了回去，这回，我也跟了上去。

医生一边给小虎做检测，一边喃喃道："刚才那部仪器看得不清楚，换这部再检测一下。"从医生严肃且有些紧张的表情可以猜测到，小虎的病情可能比较严重。

接着，医生抛出了一连串的问题：

"今年多少岁了？"

"以前做过治疗吗？"

"怎么现在才过来做检查？"

"家人知不知道你的情况？"

小虎耳朵听不清楚，我替他一一回答了医生的问题，小心翼翼地问了句："情况怎么样？"

"先天性心脏病。"医生回答道。

随后，我把检测结果拿到门诊医生那里问诊，医生很直接地说了一句："他能活到今天已经是奇迹了。"

这是发生在我与小虎接触过程中的一幕。

（二）

小虎给我的第一印象很深刻，当时他刚好背对着我，瘦瘦小小的身材，留着及腰的长发，我以为是一位女性，转过身才发现原来是男的，真的是吓了我一跳。他很爱拨弄自己的长发，打理得还算干净整洁，很多人都劝过他把长发剪短，他就是没有剪，也没有说为什么。

小虎善于和社工与志愿者打交道，第一次交谈，他就和我们说了很多自己的事情，而随后几次的交谈，我们也渐渐了解了小虎的个人经历，对他的人生故事感到好奇和难以想象之余，也感到了心酸和无奈。小虎先后在全国各地流浪，在外流浪了二十多年，流浪期间很少回家。

2008年，小虎回家后，父母对他的态度有所好转，小虎也觉得自己稍微被理解了。父母年老了，希望他能留下来不再外出流浪，但是小虎短暂逗留后还是选择了继续流浪的生活，偶尔会在妹妹或弟弟那里借宿一段时间。

2014年春节，小虎回到妹妹家过年，有一天在妹妹家突然晕倒，因为担心自己的病会连累妹妹一家，小虎又回到南州继续流浪。小虎在南州流浪露宿多年，依靠捡拾废品和志愿团队派发的物资维持生活，从2015年12月开始来到火车东站露宿。由于身体越来越差，小虎现在连捡废品都很困难，平时只能去捡点剩饭剩菜吃。

我们和小虎的信任关系很快就建立起来了，也顺利拿到了他妹妹的电话。起初，我们和小虎的妹妹一起劝导他回家，但遭到他的拒绝，他觉得自己的病会连累家人，不想回去。我们尊重小虎的决定，也和小虎的妹妹保持联系，及时沟通小虎的情况。

一天，小虎突然给我们打电话，想让我们帮助他办一张银行卡。我们约定时间一起去了银行，取号排队、填写资料、递交申请表，很快就把银行卡办下来了，其实小虎自己也能轻易地把银行卡办下来，为何要找我们帮忙呢？最终我们了解到，小虎是担心自己属于流浪露宿者，去办银行卡会被歧视，所以才找我们帮忙。我这才反应过来，对于小虎这样的流浪者来说，很多我们日常轻易能办到的事情，在他们看来是如此的困难。

由于小虎特殊的身体情况，我们一直密切关注着他。为了及时了解他的情况，我们还联合了厚德公益团队的志愿者和小虎身边的其他露宿者。在2016年初的极寒天气中，我们多次联合救助站、救助队和志愿团队，对在东站露宿的人员进行劝导进站救助、派发御寒物资和食物等，小虎是我们每次活动的重点跟进对象。

记得有一次，我们在晚上十点钟左右扛着一大锅热粥来到东站一楼，小虎和其他几位相熟的露宿者正等候着我们的到来，远远见到就开始喊"哎！你们来啦！"并笑着迎了上来。在这寒冷的天气里，这么一碗热粥对于他们来说是多么的重要，不只是简单的一份晚餐，还是这座城市对他们的关怀，是对他们存在的一种接纳。

（三）

几乎每次见面交谈，我们都会直接或间接地劝导小虎重新回归家庭，这是小虎父母和弟弟妹妹的意思，也是我们的期盼，但我们也尊重小虎自己的选择。这种持续不断的劝导，竟然慢慢改变了小虎的想法。

2016年春节过后的一天，小虎主动联系我们，说他想要回家，这个消息让我们又惊又喜。我们当天就到东站和小虎进行了面谈，了解他想回家的具体缘由和安排返乡的事情。

小虎感叹道："你们太厉害了，我终于被你们说服了。"听到这句话时我由衷地笑了，哈哈，真没想到还会出现这样的结局，既有点出乎意料又觉得理所当然。我想，社工的坚持和小虎自己对回归家庭的渴望，是让他最终作出这个决定的原因吧。

第二天，我们护送小虎到救助站求助返乡，由于小虎身体情况特殊，经过和救助站沟通，救助站的医生给小虎做了身体检查，在确保身体状况良好的前提下，很快就给他安排了下午两点的汽车票。我们护送小虎到客运站坐车，临走前和小虎一起吃了一顿饭。对于我们来说，这是一顿普通的午餐，小虎却跟我们说，他忘了自己有多久没有吃过这么好吃的饭了。

我想，和小虎接触的这段时间，我自己被触动了不知道多少回，而我能帮助他的，可能远远没有他所带给我的多。由于刚过完春节，项目组特意准备了一个红包，在小虎上车前我亲自递给他，小虎拿到红包那一刻很感动，逐一念我们的名字表示感谢，特别说到要感谢我们项目组所有的人。感谢完所有人后，小虎乐呵呵地喊着要和我们合照一张，当时我甚至觉得送走的似乎是自己的一位亲人朋友，而不是服务对象。

小虎先是去了他弟弟那里，用弟弟的手机给我们打电话报平安，然后去了他妹妹家玩了几天，接着回到自己的老家和父母团聚。小虎回到家后，父母和亲友都非常高兴，父母对他的态度也比从前好了很多，不再有事没事就指责他。

回到家的第三天早上，小虎拿着几百块钱到县城帮父亲买手机，走了一段路，转了两三趟车到达县城后，小虎又开始"胡思乱想"，怕留在家中会连累家人，想着想着就坐车辗转几次回到了南州。我们是接到小虎妹妹打来的电话才知道小虎再次离开家跑了出来的，随后去了东站才发现他已经回到南州继续流浪。

小虎临走前我们一再嘱咐他，回家后可以用家里的医保卡做相关的检查和治疗，这样费用会有一定比例的减免。和小虎交谈后知道，小虎这次回家并没有做心脏方面的检查，只是去找妹妹的时候检查了听不见声音的一边耳朵。

经项目组讨论后决定，将爱心超市项目募集到的一笔资金用来帮助小虎做一个心脏方面的检查。我们和小虎约定了去医院做检查的时间，提前和他做了各方面的心理准备。小虎在另一位相熟的流浪者陪同下，最终到医院做了心电图、彩超等检查，然后就出现了前面开头的一幕。

（四）

当时医生给小虎下的诊断是，病情已无治疗意义，也不需要吃任何药物，而且随时有生命危险。在一旁的我们已然是震惊、茫然，可想而知小虎自己的感受是如何剧烈。我在想，提前给小虎做的心理辅导是否有那么一丝丝的作用，能让此时此刻的他能够好受一点；还是，让他怀有的最后一丝希望也黯然成为绝望？

检查结果出来后，我们一边给小虎做情绪疏导工作，一边联系小虎的家人，小虎家人的态度比较明确，希望小虎能回家。

最后，我特别想说说我眼中的小虎，他是一个非常善良的人。

小虎多次向我们介绍东站需要帮助的人。那次帮小虎办了银行卡，小虎让妹妹打了几百块钱过来，最后却把大部分的钱用在一位更需要帮助的陌生的流浪者身上。小虎一直打算着，当知道自己快要死的时候，就把身份证等能证明身份信息的物品藏起来，这样就不会连累远在家乡的家人。小虎曾认过一个干儿子，知道他偷了自己的钱后依然装作不知道，希望他能自己把钱放回去，最终干儿子

城市隐者

离开了他。

　　现在，小虎依然在东站流浪露宿，在再次确认自己真的患有先天性心脏病后，他也曾一度抑郁难眠，但是现在也调整过来了，见到我们也依旧远远就打招呼，笑脸相迎。

　　就像医生说的，小虎能活到今天已经是奇迹，那么，我也相信这个奇迹会一直延续下去。

03　无家可归者之家

　　我是小虎，一名无家可归者。建设无家可归者之家的第一个月，我的无家可归者之家初具规模。

　　无家可归者之家的第一件作品是"建设指挥中心"。破败的铁皮板房，变成无家可归者之家的建设指挥中心。

　　自从有了电动三轮车，我拾荒的区域扩大了，城郊的工业区是每天必去的宝地：油漆、刷子、沙发、破损桌椅、纸张等，应有尽有。我把建设指挥中心内部粉刷一新，布置成有模有样的办公室，墙上挂起我自己手绘的"无家可归者之家建设规划图"。安全帽、铁铲、工具箱、皮尺，有序排放；煤油灯、矿灯，还能用；行军床，五成新。唯一遗憾的是建设指挥中心外面依旧破败，担心翻新会引起其他人的注意。

　　即使如此低调，新奇的事情还是发生了，有一天早上起来，建设指挥中心门口多了几件生活物品：三瓶桶装水、两个蜂窝煤球、一个铁锅、一个空油漆桶、一套未拆封的餐具组合。我不知道是哪个好心人送的，照单全收。我捡回来一个摄像头，没有电源，只能放弃好奇心。

　　蜂窝煤一直没用，我担心烟雾引来麻烦。在外历练多年，自给自足很容易解决：几公里外的小吃店成为我的食堂，拾荒的收入基本可以保障一日三餐。

自此，每隔一段时间，就会有一批物资摆放到建设指挥中心。我不知道是谁，但至少知道有人在关注着我，我还可以清晰地感觉到自己真实的存在。

无家可归者之家的第二件作品是"流年岁月挂件"。

附近几家果园扔掉的各种水果，我全部拉回来。还算新鲜的自己慢慢吃，腐烂的当作花草的肥料。橘子皮、香蕉皮、西瓜皮、荔枝皮、柚子皮，先风干，再用绳子串起来，挂在桥墩的四壁。

橘子皮、荔枝皮、柚子皮风干后比较硬，扎手，挂起来轻飘飘的。香蕉皮、西瓜皮湿重，很快就腐烂，散发出难闻的气味，引来许多蚊虫。我用捡回来的杀虫剂反复喷洒。

香蕉皮、西瓜皮腐败到一定程度，就得扔掉，再换新的香蕉皮、西瓜皮。有时候，在扔掉腐败的香蕉皮、西瓜皮之前，我会在香蕉皮、西瓜皮的挂件下面坐上很久很久，有时是几小时，有时是一天或者几天。闻着难闻的气味，我不确定我在想些什么。

无家可归者之家的第三件作品是"似水年华图书馆"。

在翻找垃圾桶的过程中总会碰到一些书籍，之前都是一次性卖掉，但自从有了无家可归者之家，我将它们全部留下来。

用捡回来的大小不一的木板拼成一个书架，将书籍简单分类：有故事会、报纸、字典、小说、论文集、旅游指南、政策汇编、大学教材等。

最厚的一本书是《追忆似水年华》（上），六百多页，作者是法国作家普鲁斯特。我只是初中毕业，从没见过也从没听说过这本书，对于文学略感兴趣，却知之甚少。

看了简介才知道，三卷本，共约两千页！书很新，我猜测是被故意丢掉的。书名很好，我便以此命名我的图书馆。

这么厚的书，写了些什么呢？我翻了翻。

也许，我们周围事物的静止状态，是我们的信念强加给它们的，因为我们相信这些事物就是甲乙丙丁这几样东西，而不是别的玩意儿；也许，由于我们的思想面对着事物，本身静止不动，才强行把事物也看作静止不动。然而，当我醒来的时候，我的思想拼命地活动，徒劳地企图弄清楚我睡在什么地方，那时沉沉的黑暗中，岁月、地域，以及一切、一切，都会在我的周围旋转起来。我的身子麻木得无法动弹，只能根据疲劳的情状来确定四肢的位置，从而推算出墙的方位，家具的地点，进一步了解房屋的结构，说出这皮囊安息处的名称。躯壳的记忆，两肋、膝盖和肩膀的记忆，走马灯似的在我的眼前呈现出一连串我曾经居住过的房间。肉眼看不见的四壁，随着想象中不同房间的形状，在我的周围变换着位置，像漩涡一样在黑暗中，转动不止。

比较烧脑。这段话所描述的与我早晨醒来时，反复确认自己是否还活着的时候的状态有些相像。我暂时没有兴趣继续翻阅《追忆似水年华》。

我对大学微积分教材也感兴趣，反复地看，看不懂，继续看。如果没有得病，我可能也会上大学，读到这本微积分教材。

图书馆里的书报越来越多。我越来越不想去翻阅。把书报捡回来，细细地分类、编号，成为一段日子里全部的乐趣与满足。

无家可归者之家的第四件作品是"无家可归者之家一期·左岸"。无家可归者之家按照用地面积，总计规划五期。

左岸建在无家可归者之家的中央，因为在桥下小河沟的左面，所以命名为左岸。左岸应有尽有：各式房屋、电影院、学校、医院、银行、地铁口、足球场、保安亭、汽车、游泳池、健身房……用料大部分是在一家废弃的售楼部里捡到的模型，一部分是垃圾桶里捡到的玩具。

最大的那间别墅是留给我自己的，用了最好的模型：一个男孩、一个女孩、一个保姆、一台豪华汽车，还有一个长发飘飘的家庭主妇。我的别墅有三层，装有电梯，我不想爬楼，爬起来肯定会气喘。有泳池，有私家游艇，细长的小河沟是我的私家海岸线。当然，清淤工程必须要重视。

我还给自己准备了一间独立的大书房。书房的牌匾用的是扑克牌的大王，自己写的名字：似水年华。牌匾比书房模型还要大，我不在意比例的问题，重点需要突出。

左岸的绿化都是真实的，我将附近花场丢掉的花卉搬运回来，洒水施肥，长势不错。最珍贵的是一盆玫瑰、一大朵桃花、一大片不知名的鲜花。听说有一款手机软件，随时可以查询花草的名字。我反而不想去查，未知更好，何必要知道得那么多。知道得多反而更累。

按照我的规划，左岸可以容纳五万人。

建设无家可归者之家的过程中，我找到了水源地，解决了吃饭、手机充电问题，附近不远的快餐店老板很好心，每次只象征性地收点钱，还送了我一只可爱的小狗。

小狗有点脏，是不是流浪狗不重要，重要的是小狗跟我合得来，像影子一样粘着我。我给小狗取名为"红"。因为我捡回来一本书，是诺贝尔文学奖的获奖作品《我的名字叫红》。

望着无家可归者之家，时常有一种充实感，我是无家可归者之家唯一的主宰者，我和小狗可以轻快地散步、驻足、远望，无限地想象。

更多的时候，也有一种孤独感，无家可归者之家的物品越多，越有着强烈的虚无感：冷冷的、淡淡的，散发出毫无生机、毫无未来的气息。

我的小本子已经记录了很多，我越来越喜欢画图，比如房屋、河流、花草、聚会。我没有画画天分，但我感觉我画得越来越好。

生活如此悲凉，叫我如何坚强？

作为一个无家可归、流浪漂泊、患有先天性心脏病的中年男人，我的结局早已命中注定，死亡随时触手可及。死亡是什么？我不知道。我只知道，我所经历的正是通往死亡的历程，这个历程没有正常人会历经的自然衰老，也没有岁月的沉淀，只体味到了先天性心脏病带来的病痛与恐慌，以及恐慌之后的麻木、困顿与无助。我知道，我倾注心血建设的"无家可归者之家"，只不过是海市蜃楼，但我依然乐此不疲。

闲暇的时刻，已经憧憬过无数次无家可归者之家的聚会，有喧嚣的、有安静的，有沙滩聚会、有游艇聚会。

我决定不再憧憬，要办一次落地的聚会。我准备好啤酒、小吃和烧烤。

午夜时分，我开着电动三轮车，偷偷回到东站。邀请锤子、刮汗哥两位好伙伴来无家可归者之家聚会。

锤子和刮汗哥都是手部因伤致残，劳动能力基本丧失，跟我差不多，长期流浪，四海为家，靠政府救助、街坊救济、家人接济、公益团队帮助或者在垃圾桶捡些吃的过活。

我们三个人曾经自我安慰：一人吃饱，全家不饿。

来到无家可归者之家，两个人很兴奋，参观的时候，我介绍得很详细。酒足饭饱之后，两个人已经醉醺醺的，却待不住，一直想回东站去，说东站热闹，这里太冷清、太昏暗、太无聊。

几个月不见，两个人的生活已经改变不少。由社工王朝马汉介绍，锤子开始去废品收购站上班，每个月两千多元，提供住宿、没有社保，但他基本还是回东站睡觉。经过高人指点，刮汗哥开始装作腿部残疾，拄着双拐乞讨，收益稳定。

两个人开始耍酒疯，互相摔跤，把我的无家可归者之家踩踏得乱七八糟，各种模型作为手榴弹，扔向四面八方。

我和红，静静看着两个人兴奋地手舞足蹈。我后悔刚才为什么没有喝酒。我一点不生气，我的无家可归者之家，也同样属于我的好伙伴。

天亮前，我用电动三轮车载着两个人回东站。两个人还沉浸在醉意里，在车上大声交流着。我听清楚很多是关于我的：长毛真能活，还以为早挂掉啦，没想到活得还很滋润，活得那么不接地气，活得那样自欺欺人。

我的耳聋早好了，我今晚反复告诉过他们，他们却马上忘记。

再次回到无家可归者之家，我把流年岁月挂件拿下来，用针线反复地缝合橘子皮、柚子皮、香蕉皮、荔枝皮，极力想把它们恢复成果实那一刻的形状，但每次都失败，又接着缝合。

临近中午的时候，我的手已经布满针眼，鲜血淋漓。

我累了，我安静地躺下来。我隐隐约约感到，很多东西已经没有办法再回到过去。

流浪对于我个人而言，意味着什么？流浪对于我们这样无家可归的群体，又意味着什么呢？

我不知道我属于哪里。家乡的影子模糊不堪，家人长久未见，抱团取暖的伙伴们渐行渐远。所谓的当下，只有我的无家可归者之家，安静地陪伴着我，无声无息，面无表情。偶尔的温暖，总是一霎而过。在无家可归者之家里，我沉沉睡去。

我的心脏手术即将开始。

冰凉的麻醉药进入血管，意识稍稍模糊，护士整理物品，叮叮当当。

"护士长，准备好了？"

"主任，还不行，麻醉效果不佳……"

"怎么会这样？"

"上次也是这样。"

"手术取消！"

04　风吹着未来也吹着过去

风吹着未来也吹着过去

鼎力为仁社会工作服务中心　王朝马汉

　　我是王朝马汉，一名社工。很长时间，很多事情堆积到一起，我不能停下来，我不停地整理故事集《故事1+1：我们与无家可归者在南州的相遇》，我深深地沉浸在一个又一个故事里。这是一个关于社工感悟与反思的故事。

　　多次想动笔写下服务感悟，思绪万千，却一直没有找到脉络。一个周末的夜晚，读到诗人西川的诗歌《在哈尔盖仰望星空》，"风吹着未来也吹着过去"，多么好的意境，多么好的契合度：把近年里流浪乞讨人员社会工作介入服务中风雨交加的一个个时刻串联起来，作为个人感悟与反思，也寄希望于我们的服务对象能够勇敢地告别过去，从容地面对未来。

023

（一）风雨交加夜，探访服务对象

　　2015年10月下旬的一个风雨交加夜，自九点半开始，我和机构伙伴从二德路走到仁民桥，又从仁民桥走回二德路，在万凌广场停留。此行的目的是了解二德路附近流浪乞讨人员的大体人数、性别、年龄与籍贯分布等基本情况，这时机构刚刚中标流浪乞讨人员社会工作介入服务项目，处于组建团队、等待签约与厘清服务思路阶段。

这是一个处于探索期的专项服务，没有模式、没有借鉴、没有指引，甚至没有较为完整的服务指标体系要求。旨在通过专业社工的介入，发动更广泛的社会力量积极参与流浪乞讨人员救助服务工作，开展专业化、个性化的服务，作为政府多元化救助体系的补充、丰富、完善和创新。

在骑楼下，我们与来自河南的张氏两兄弟详谈，两兄弟均患有小儿麻痹症，来南州五年左右，白天卖唱，晚上在改装的三轮车上睡觉，他们各自的老婆孩子在老家，每年的春节和暑期回老家待上两个月。两兄弟很健谈，在初步建立信任关系后，哥哥又打电话叫来另外一名相似的服务对象过来一同交流。

晚上十二点钟左右，与三个人挥手告别，骑楼下面许多服务对象已经入睡。雨一直在下，透过街边朦胧的灯光，回头望去，三个人的身影越来越小。

未来的日子里，我们与两兄弟将会有许多次的不期而遇。

（二）寒冬送温暖，结识大胡子哥

2016年8月8日，流浪乞讨人员社会工作介入服务项目团队开展了一场非常特别的活动：服务对象追思会。

照片中的"大胡子哥"，刚刚穿上秋衣，在系扣子，腼腆地微笑。照片拍自2016年春节前夕。一把大胡子，熟练的普通话，自称来自西北，没有身份证，在近三个月的服务期间里，因为他有意识地回避而没有留下太多有价值的个人信息。春节后意外离世的他，也把他的过去一并带走。

在追思会的文档照片后面，项目组成员留下如下感言：

你的一把大胡子是留给我们最好的怀念。——王朝马汉

与你相遇时，你总是那么的平静，我想那是对经历接纳后的平静。祝福你能保持平静之福。——晓卓

你是我第一位深入了解的街友，我很认真地去听你讲自己的故事，因为我能感觉到你是很用心地去分享，当时的我其实舍不得走，也不想打断正在用情诉说的你。我看到你全身心投入，就像我跟父亲分享时一样，是那种十分真挚的情感流露，我感动于你的故事和你的真情流露，也谢谢你送的柚子，你让我对无家可归者有了非常好的印象。——阿欢

2016年春节前夕，南州遭遇罕见的寒冬天气。得到救助队的物资支持，项目组四位成员在风雨交织的夜晚，来到车站二楼平台，为十多位长期露宿的无家可归者派送棉被、毛毯、秋衣秋裤。

大胡子哥是最后一批派送的，我和娟娟、晓卓、阿欢一起来到他的席子前。那晚风很大，我也临时穿上一件准备派送的秋衣。因为我们几个人与他都很熟悉，便坐在他的简易席子上聊天。他拿出一个很大的柚子，又热情地拿出烟与酒。

五十岁左右的他，因为车祸，妻子与孩子过世。他要借助拐杖上下楼，每天基本在下午三点后离开二楼出去讨钱，在六点钟准时回到二楼，买一份盒饭，经常要买些啤酒或米酒。他坦言每次不多

要，够吃饭就差不多啦。

那晚的探访，他只留了一件秋衣，他建议我们把棉被和毛毯留给更有需要的长者。

那晚的探访，他主动要求跟我们项目组合影，还提醒我们用一下闪光灯。

那晚的探访，除了风，除了雨，他的大胡子，他腼腆的微笑，乃至他胡子上残留的柚子皮，是留给我的极为深刻的时光印记。

（三）倾盆大雨之中，护送韩大哥乘车返乡

2016年4月13日早七点多，倾盆大雨中的火车站广场。

终于等到韩大哥。我推着轮椅，护送他进站乘车返乡。

韩大哥是项目组接触到的第一位患有肺结核的服务对象。来自西北的韩大哥，现年四十四岁。几年前，韩大哥的家里发生较大的火灾事故，他为了救家人而被严重烧伤，脸部、上身等多处被烧伤，烧伤面积较大，多处进行了植皮手术，双手严重烧伤变形，甚至缺失手指。因为对生活失去信心，他有过多次自杀行为，虽然得到了控制，但还是吞食了指甲钳、镊子、打火机等异物。

韩大哥去过北方的弟弟家，但是北方的气温太低了，他的皮肤难以接受寒冬带来的干燥，烧伤的皮肤也适应不了那里的气候，他就来到了南州流浪乞讨。通过流浪乞讨，韩大哥的温饱问题基本能够自我解决，只是韩大哥的胃部有指甲钳等物品，影响了他的身体健康，每天他只能够进食一小口食物，偶尔疼痛难耐，只能蜷缩在街头任凭胃和肠内异物带给他无比的痛苦，而且他的体重也急剧下降。

几天前，项目组社工又一次将他送到医院。医生详细告知了韩大哥的病情：已经形成肺结核病灶，传染性未知，腹内异物随时会有生命风险。

我赶到医院，与韩大哥沟通，劝导其返乡医治。两天后，韩大哥打来电话，同意弃讨返乡，回家医治。在救助站的帮助下，解决了其车票，赠送了轮椅，并再次安排了体检，以核查身体健康状况和评估返乡路程的风险预防。

韩大哥顺利返乡后，在家人的帮助和关怀下，及时进行了手术，取出腹内异物，康复情况良好。

（四）阔别家乡三十载，告别流浪，风雨归途

2016年6月17日下午两点半，倾盆大雨中，救助队与和项目组社工的联合护送小组顺利抵达里寨镇政府。阔别家乡三十多年的曾伯，终于告别颠沛流离的生活，结束三年多的流浪露宿生活，返乡养老安置。

镇政府的工作人员热情接待。办理好手续后，我们一行人来到里寨镇福利中心。这里将是曾伯未来的大家庭。救助队为曾伯准备了被子、大衣、食品，社工项目团队也为其准备了T恤、收音机、冬季棉衣等物资。宽敞洁净的房间、熟悉的家乡方言，让曾伯喜不自胜。

曾伯六十多岁，是三无孤寡长者，双眼患白内障，另有高血压、糖尿病，没有读过书，没有固定住所，只具备一般性的劳动能力。

曾伯的父亲早年去世，母亲改嫁后就再无音讯。曾伯曾经在1988年结婚，但第二年妻子也离家出走，自此双方失联。

曾伯年轻时因家里贫困，十五岁就出来在社会上闯荡。其间做过搬运工、单车保管员等，直到2013年初发现自己出现高血压、糖尿病、双眼白内障等症状时，无法继续工作。由于他三十多年来一直在外面闯荡，也考虑到老家无亲人、无房产，而自己年龄又大，回去无生活来源，2013年起便开始流浪露宿生活。曾伯表示虽然过着风餐露宿的流浪生活，但总比回到老家一无所依来得实在。曾伯三年多流浪期间一直靠拾荒维持生计，平时会接受救助站、救助队、社工、志愿团队的物资派送。

而其能够顺利返乡，得益于救助队近半个月与当地民政部门的积极沟通，也得益于里寨镇政府的大力支持与妥善安置。多方政社联动，促成曾伯高高兴兴回家，安安心心养老。

从曾伯，到吕伯、叶伯，乃至龚伯，流浪长者的返乡养老安置工作初见成效。这也是项目组积极探索与践行的流浪长者"回归家庭、回归社会、回归自我"的救助帮扶模式。

（五）风雨交加的早晨，护送孩子到儿童福利院

2016年8月12日，一个风雨交加的早晨，中心城区的定点医院。

在救助站的协调下，街道办事处、流动救助队和项目组社工，共同护送出生将近半个月的孩子到儿童福利院安置。

孩子一路上都在睡觉，到达儿童福利院后，可爱的孩子睁开大大的眼睛，不住地打量身边的工作人员。

孩子出生后，她的妈妈带着她流浪露宿。几天前，由街道、公安、救助队、救助站与项目组联合救助，妈妈被送到精神病院治疗，孩子被妥善安置，历经几天的紧急救助工作告一段落。

妥善安置孩子后，所有的同行人员都长长出了一口气。

有不舍，几天的连续跟进，我们都与孩子建立了一定的感情纽带。

有不安，孩子的妈妈何时才能康复？孩子的未来将会怎样？母女能否再次相聚？

在救助流浪乞讨人员的过程中，总会遇到无意识流浪的群体，或是智力问题，或是精神障碍问题，在服务对象身上有许多未解之谜。在具体的救助工作中，也面临着许多边界问题。

风雨中的返程路上，我们默默地祝愿孩子明天会更好。

05　追忆似水年华

　　我是小虎，一名无家可归者。无家可归者之家的建设依然停留在原来的状态。我感觉身体越来越差。

　　我最近迷恋上阅读。白天看书，晚上拾荒，睡眠很少。我只看一本小说，《追忆似水年华》，我全部看了一遍，囫囵吞枣，还在书上写些感想。

　　《追忆似水年华》的作者普鲁斯特因为疾病的影响，长年累月待在家里，很少参加户外活动，却完成了一部经典大作。而我因为患有先天性心脏病，却流浪漂泊二十四年。如果待在家中，天天画画，写写心情，或许我也可能成为画家或者作家。

　　如果我早一点读到这本小说，该有多好。

　　我似乎有点想家啦。

　　在很长一段时期里，我都是早早就躺下了。有时候，蜡烛才灭，我的眼皮儿随即合上，都来不及咕哝一句："我要睡着了。"半小时之后，我才想到应该睡觉；这一想，我反倒清醒过来。我打算把自以为还捏在手里的书放好，吹灭灯火。睡着的那会儿，我一直在思考刚才读的那本书，只是思路有点特别；我总觉得书里说的事儿，什么教堂呀，四重奏呀，弗朗索瓦一世和查理五世争强斗胜呀，全都同我直接有关。这种念头直到我醒来之后还延续了好几秒钟；它倒与我的理性不很相悖，只是像眼罩似的蒙住我的眼睛，使我一时觉察不到烛火早已熄灭。

我在旁边批注：半梦半醒之间，近期因为读书的原因，常常失眠，可能也是一种担心在左右着自己，担心自己第二天不再醒来。能够继续读下去，证明还活着，要抓紧时间读完。

有时候，除了孤独给予我的激动外，还有另一种我无法判明的兴奋心情，那是由一种欲望引起的，我盼望眼前突然出现一位农家女子，好让我拥进怀里。在许多完全不同的思绪中间，突然萌生这样的念头，而且我都来不及确切地弄清它的来龙去脉，只觉得随之而来的快感不过是一切思绪所给予我的快感的一种升华。

我在旁边批注：有欲望多好，因为随时随地的气喘和胸痛，让我似乎没有欲望好多年了，所以我特别好奇，欲望是种什么样的感觉？

永远消亡了？

可能吧。这方面偶然的因素很多，而次要的偶然，例如我们偶然死去，往往不允许我们久久期待首要的偶然带来的好处。

我觉得凯尔特人的信仰很合情理。他们相信，我们的亲人死去之后，灵魂会被拘禁在一些下等物种的躯壳内；例如一头野兽，一株草木，或者一件无生物，将成为他们灵魂的归宿，我们确实以为他们已死，直到有一天——不少人碰不到这一天——我们赶巧经过某一棵树，而树里偏偏拘禁着他们的灵魂。于是灵魂颤动起来，呼唤我们，我们倘若听出他们的叫唤，禁术也就随之破解。他们的灵魂得以解脱，他们战胜了死亡，又回来同我们一起生活。

这个感想比较少：死亡是什么？生命的意义是什么？我不知道。我知道了，我再说出来。

往事也一样。我们想方设法追忆，总是枉费心机，绞尽脑汁都无济于事。它藏在脑海之外，非智力所能及；它隐蔽在某件我们意想不到的物体之中（藏匿在那件物体所给予我们的感觉之中），而那件东西我们在死亡之前能否遇到，则全凭偶然，说不定我们到死都碰不到。

我在旁边批注：我可以遇到什么呢？往事？人？还是其他？死亡是永远回避不了的话题，可我不希望跟他人一起讨论，或者说没有人愿意跟我一起讨论。

如果我身体日渐健壮，父母亲即使不答应我上巴尔贝克住些日子，至少同意我登上我在想象中曾多次搭乘的一点二十二分那班火车去见识见识诺曼底或者布列塔尼的建筑和景色的话，我就想在那最美的几个城市下车；然而我无法将它们加以比较，无法挑选，正如在并非可以互换的人们中间无法选取一样；譬如说吧，贝叶以它的尊贵的红色花边而显得如此高耸，它的巅顶闪耀着它最后一个音节的古老的金光；维特莱末了那个闭音符给古老的玻璃窗镶上了菱形的窗棂；悦目的朗巴尔，它那一片白中却也包含着从蛋壳黄到珍珠灰的各种色调；古当斯这个诺曼底的大教堂，它那结尾的二合元音沉浊而发黄，顶上是一座奶油钟楼；朗尼翁在村庄的寂静之中却也传出在苍蝇追随下的马车的声响；盖斯当贝和邦多松都是天真幼稚到可笑的地步，那是沿着这些富于诗意的河滨市镇的路上散布的白色羽毛和黄色鸟喙；贝诺岱，这个名字仿佛是刚用缆绳系住，河水就要把它冲到水藻丛中；阿方桥，那是映照在运河碧绿的水中颤动着的一顶轻盈的女帽之翼的白中带粉的腾飞；甘贝莱则是自从中世纪以来就紧紧地依着于那几条小溪，在溪中汩汩作响，在跟化为银灰色的钝点的阳光透过玻璃窗上的蛛网映照出来的灰色图形相似的背景上，把条条小溪似的珍珠连缀成串。

我在旁边批注：如果我身体强壮，作为家中的长子，我肯定会得到父母无微不至的牵挂与尊重。父母没有尊重我吗？以父母的能力又可以怎么尊重我？为了一个孩子，拖累一个家庭，也未必就是一种尊重。要回家看看父母。时间待定。

每天晚上我都乐于想象这样一封来信，我在心里默读，每一句话都背得出来。突然间，我怔住了。我明白，如果我接到希尔贝特的信的话，那绝不会是这样一封，因为这封是我自己编出来的。从此以后，我就竭力不去想我希望她给我写的那些字眼，生怕老是这么念叨，结果恰恰把这些最弥足珍贵、最最盼望的词语从可能实现的领域中排除出去。即使出之于极不可能的巧合，希尔贝特写给我的信果然正好就像我自己编造的那样，能从中看出是我的作品，那我得到的将是收到一件出之我手的东西的印象，就不是什么真实的、新的、与我的主观思想无关、跟我的意志无涉、真正是由爱情产生的东西了。

我在旁边批注：曾经我也期待过这样一封信，好多好多年前的事情。不想说太多。

有很多人出于他们的社会地位造成的慵懒或者无可奈何的安于现状的心理，他们不去享受他们老死于其间的上流社会之外的现实生活为他们提供的乐趣，却退而求其次，一旦对那些平庸的娱乐以及还能忍受的无聊乏味的事情习以为常，就把这些称之为乐趣。

我在旁边批注：如果可以锦衣玉食，就别瞎折腾。生活是一种惯性，也是一种德行，不要想太多。

何为乐趣？建设无家可归者之家，可能就是一种乐趣。

时间一点一点流逝，阅读伴随着我。除了阅读，我不知道我还能做些什么。

06　破碎的家庭，叛逆的青春

鼎力为仁社会工作服务中心　娟娟

（一）爸爸的烦恼

10月1日，国庆放假的第一天，在工厂打工的老卢起了个大早，今天不用上班，老卢换了身干净的衣服，和大侄子一起匆匆赶上前往南州的汽车。上周接到了项目组社工的电话，老卢知道了独子目前在南州火车站流浪露宿，希望今天能够把儿子接回自己身边。

老卢在五年前离婚了，儿子跟着自己生活，但是由于父子之间多年未见面且互相不能很好地沟通，致使小卢经常离家出走。这已经是老卢第九次到南州接儿子了，前面八次都是到南州市救助管理站未保中心接的。

老卢面对儿子的叛逆行为倍感无奈，也经常因此责骂儿子，但是儿子每次都是在被老卢接回后的当天又再次离家出走，并且去向不明。

（二）儿子的"自由时光"

同样是国庆放假的第一天，小卢在南州火车站则过得更惬意些。

与同伴通宵上网后，小卢回到露宿地点睡觉，在地上铺一张纸皮当作床，盖着一条脏兮兮的棉被就呼呼大睡，任由旁边的露宿者吵吵闹闹，不受分毫影响。小卢已经非常熟悉这样的生活，白天去楼下出租汽车站开车门乞讨几块钱买吃的，晚上则到附近餐厅帮忙搬运货物换一顿晚餐，空余时间则四处玩耍。

小卢觉得自己现在过得还不错，只要再找到一份工作就更完美了。社工初见小卢时，小卢就直接问社工能不能帮他找份工作。

但是小卢只有十四岁，根本就无法找到正常的工作。

社工建议小卢回到父母身边，先学习一点技能，等成年后再找工作也不迟。小卢说自己父母在十年前就病死了，留下自己一人，一开始由伯伯养着，后来被伯伯赶了出来，从此在南州过起了流浪露宿的生活。所以小卢希望社工能够看在自己可怜的份上帮他找一份工作。

可是社工很快就发现小卢在说谎，他的父母都活得好好的，并且社工与他们联系上了。小卢对于自己的谎言被拆穿也不甚介意，只是强调自己不要回父母身边，不要去读书。

（三）社工、志愿者与父子共开家庭会议

当老卢到达火车站时，就见到了早早在此等候的社工和志愿者。老卢一见到社工就开始数落小卢的不是，表示自己很无奈也很气愤，每次对儿子的责骂又只会换来更彻底的离家出走，这次已经有半年多没有见过小卢了，在火车站做生意的朋友们也一直没见到小卢，想必小卢也是有意避开了他们。社工和志愿者一面安抚老卢的情绪，一面去叫醒了小卢。

当小卢睡眼惺忪地见到老卢的时候，没有什么反应，只是腼腆地咧嘴一笑，然后就乖乖地站在一旁，也不叫父亲。而老卢则认真地盯

城市隐者

着小卢看了一会儿，想要责骂两句，却又想起了社工说的要注意平静沟通，避免激起小卢的叛逆情绪，所以老卢也安静地站在一旁。

考虑到大家都没有吃午饭，社工和志愿者将老卢父子带到附近的餐厅吃饭。在吃饭前，社工建议老卢父子俩互相听一听对方的想法，不要责骂和反驳，只需倾听。

老卢先表示了自己希望接小卢回家的立场，回家后小卢想要去读书或者去打工都没问题。

小卢接着就说："我不想回家，跟着爸爸很无聊，又不读书，又不打工，天天只能看一点电视，很无聊，不想待在家里。爸爸，您能不能帮我找一份工作？我想要去打工，赚到钱我就寄给您存着。"

老卢答应了。社工提醒老卢注意未成年人保护和童工问题，老卢则表示只能见步行步，至少现在能让小卢摆脱流浪露宿的生活。

小卢还想把自己在火车站结识的小伙伴也带回家，说这是他唯一的朋友，不想分开，但是也知道老卢的经济能力不可能养活两个人，所以小卢就说自己过几天肯定会回来的，他不能没有朋友。

稳定的家庭环境与融洽的家庭关系，是孩子健康成长、快乐成长的根本。现有的状态之下，老卢还无法为小卢提供这样的氛围，老卢还要为生活打拼，加之他缺少父子沟通的技巧乃至意愿，以及小卢的自我放任、自暴自弃，等等，都是造成小卢一次次离家出走的重要因素。

在社工、志愿者的共同努力下，小卢随爸爸一起坐上返乡的列车。

一周之后，小卢再次出现在火车站露宿者的群体中，可能是担心社工、志愿者再次联系他的爸爸，他快速地消失在人们的视野里。

07　福娃有福

鼎力为仁社会工作服务中心　梦丽、秋丽、忠妍

（一）不是坏人，是好人

"坏人！坏人！"小男孩福娃冲我们几位社工大叫着。

"不是坏人，是好人！"福娃的爸爸刘大哥在纠正着。

听了爸爸的劝导，福娃好奇地打量我们，不再说我们是坏人，并慢慢地跟我们熟悉起来。

这是我们跟福娃第一次见面时候的小插曲。

从福娃还是个半岁大的奶娃娃起，到现在满大街疯跑，这是福娃和爸爸在高铁桥下流浪露宿的第三年。三年前，福娃的妈妈在生下他之后离家出走，福娃的爸爸因为捡拾的废品过多，不再有人愿意把房子租给他们，父子俩便一直露宿，生活在高铁桥底。三年来，福娃爸爸捡拾的废品在高铁桥下堆起了三个小山头。

流浪露宿三年以来，福娃爸爸捡拾的废品越积越多，对周围街坊出行造成极大不便，存在着很大的安全隐患，街道办事处、居委会、铁路派出所、地方派出所多次介入劝导，多次协商未果。这导致三岁半的福娃如惊弓之鸟，第一次看到我们一群人时，就大叫着："坏人！坏人！"

于是，街道办事处转变思路，由街道家综社工联动我们流浪救

助项目组社工、救助队共同跟进。

虽然福娃的爸爸捡拾的废品堆积如山，但是他利用这些废品，将自己跟福娃的住处打理得很规整，床是软垫，铺有凉席，挂有蚊帐，此外还有衣柜、梳妆台、消毒柜，等等。

福娃带着我去看他的宝藏，有故事书、小车、皮球、卡片等玩具。我跟着福娃在这里探险，玩到兴起的时候，项目负责人和福娃爸爸商谈结束，我们该离开了。福娃很平静地接受了我这个新玩伴的离开，爸爸牵着他的手，来跟我们告别，他看着我坐在车里跟他挥手。

因为路上塞车，想起他们父子的日子比较艰苦，我们几位社工在KFC买了儿童套餐，再次返回，福娃高兴地跳了起来。

（二）玩具和流浪狗，福娃仅有的玩伴

我跟同事倒了两个小时公交车过去，第二次见到福娃。

我想起那天福娃和爸爸中午吃剩下的豆角炒鸡蛋，没有油腥，是他们的晚餐，所以我们买了水果、蛋糕过去。但是对于福娃来说，我们社工对他的吸引力，远远大于那些食物。

039

福娃是个爱动的孩子，他的两只手拉着我的两只手转圈圈，嘴里说着："跳舞！跳舞！"整整一个下午，他没停过，我们也没停过。

福娃的爸爸告诉我们，从来没有人这么亲近过福娃，即使是村里的孩子们经过，也从来没有理会过福娃。捡来的玩具、一次大雨中过来躲避的流浪狗，是福娃仅有的玩伴。

福娃的妈妈在福娃六个月大时就已经离家出走，再无音讯。而福娃的爸爸今年也已经五十多岁，不会哄孩子的他，每次在福娃哭闹的时候，都这样安抚："不怕，妈妈在。"

这也导致了福娃有时会叫"爸爸"为"妈妈"。

可能是累了，福娃看着我，轻轻说："要抱抱。"

我一把把他抱进怀里，可是他却害羞地跳下来跑走了。目前我们也接触过一些携带未成年人流浪的案例，父母与孩子相互依靠。但这样的行为选择，对孩子的成长却是剧痛。他们在困境中长大，围观的眼光让他们羞怯，同时学会了察言观色。

小孩子是最纯真的，社工真心的陪伴会让他们眷念，产生信任感，社工也要及时对孩子的错误认知进行感化，并协助其改正。在与福娃熟悉后，我也发现他有些非正常行为，例如，把糖果放在地上然后趴下舔起来吃。他这个行为是必须要改正的，而他却不听劝告。

这时我们发现福娃非常惧怕桌子上的一根竹条，我拿着竹条问他："以后还这样吃糖果吗？"福娃缩着头："不了，不打。"

我心疼他，却不能心软。我也清楚这样的教导方式并不好。

经过多次跟进，我们协商出了最终的解决方案。他爸爸同意返乡，参与帮扶的两家社工机构共同为两父子筹集助学资金，协助安排物资快递，预订返乡车票。

（三）护送福娃乘车返乡

护送福娃乘车返乡的时刻到了。这次和上次见面隔的时间比较久，福娃表现得和我们社工已经有点陌生了，可没过十分钟，他就又要"抱抱"又要"背背"了。

福娃像是在抓紧每一分每一秒，带我们看他的棕黑色小狗，把手伸进笼子里拨弄，让他的小狗活泼起来。他太爱闹了，小狗都害怕他，跳着躲到角落里。他带我去他秘密的小屋子，让我看他藏起来的玩偶、木马。他从废弃的摩托车上一遍遍地往下跳，再用力一点就能跳进我的怀里。

他玩累了，揉着我的头发，把我抱进他的怀里，叫我："妈妈！"我应该告诉他不能这样叫的，要他叫我"姐姐"。可是我想起他从六个月大起身边就没有了妈妈，想到他可能曾看到过路的妈妈们抱着自己的孩子，亲吻他们的额头。我把头靠在他的怀里，沉默了……

福娃最终坐上了"车车"，当时他还不知道这也许是我们最后一次见面，我们要带着福娃和他爸爸去南站乘车返乡了。早上我们过去时，他刚刚在穿衣服，我们看着他脖子、胳膊肘处的一条条黑线，决定给他洗个澡。他任我剥了他的衣服，还告诉我要抹香香。洗完澡，我们先行带着福娃坐车去了社工服务站，他闲不住，我们又带着他去了楼下的小商店坐摇摇车。他很高兴，但谁知"乐极生悲"，新换的裤子被扯裂了。

我告诉他："我们回家换了裤子再出来玩。"可是他好不容易出来玩，不肯回家，我告诉他："你不走，我们走。"说完就走了，他一看我是真的走了，马上跟了上来。

虽然跟了上来，但是他还在生气，不肯理我。后来有辆车从他身边呼啸而过，他赶紧跑到我身边，我才顺势牵着他的手往前走。

中午，我们收拾好之后要去社工服务站了，福娃刚换好衣服，就拉着我去掰车门，说要坐车，可是看到爸爸牵着狗出来却立刻跑去牵着小狗，不肯放手。最终，小狗跟着我们一路到了社工服务站。带他出来玩的时候我想起他还没吃早餐，给他买了两个包子，他狼吞虎咽地吃完，到了中午也不吃饭，牵着小狗跑来跑去。

下午，我们带着福娃去南站，他坐在车上，看着窗外，很是兴奋，嘴里说着："福娃，有福。有福啊！"我也说："福娃有福啊！"

（四）是"姐姐"，不是"妈妈"

福娃性子闲不住，过了会儿，又一遍遍地叫着"姐姐！"，我一遍遍地回着"哎！"，他叫了太多次了，我告诉他："别叫啦，休息一下。"

他停顿了几秒，叫："妈妈！"

我没吭声，他又叫："妈妈！妈妈！妈妈！妈妈！"

我闭紧嘴巴，努力不让自己的答应蹦出。

福娃喊累了，躺在座位上睡着了。等到了南站，我抱着他跟着大部队去取票、办临时身份证明，他还记得我在车上不让他喝太多水，告诉他下车再喝。

他拉着我："喝水，喝水。"我的杯子没水了，告诉他坐着别动，接了水就回来，他就乖乖坐在那里等我回来。

他爸爸问他："你跟着姐姐留在南州，爸爸自己回老家好不好？"他没睡醒，还是呆呆的，就回："好。"大家一听，都在逗他，他乖乖地抱着我，没有任何抵触的反应。

但他大概也感受到了离别的氛围。我抱得两条胳膊酸痛，刚放下他，他就跑到他爸爸身前，要爸爸抱他，不肯理我了。一直到坐上高铁，他都表现出了对爸爸极深的依赖。我虽然失落，但也觉得这样挺好的，毕竟爸爸才是他的依靠，而我能给他的，只是这几次的温暖，以及对他"福娃有福"的美好祝愿。

父母是跟随着父母流浪的未成年人唯一的依靠，可是在这种情况下，父母更多考虑的是如何活下去。对于孩子出现的一些错误行为，他们可能是意识不到或者直接忽视了。这导致孩子变得没有安全感，他们必须在恶劣的生活环境下尽早独立，成长起来，必须适应围观者或同情或鄙视的眼神。社工在介入此类案例时应侧重心理层面，观察孩子的行为表现、语言语气等，判断孩子的发展状况，及时对孩子的偏差认知、行为进行纠正。同时给予孩子关爱，让孩子感受到被关注、被喜爱，让他们学会自我接纳。

挥手告别福娃的那一刻，我感觉我们送别的不单单是自己的一位服务对象，更像是一位亲人，祝愿福娃的明天更美好！

08 一名社工的"负能量"：
谁让天使失了语言

鼎力为仁社会工作服务中心　丽萍

（一）

我是一名从事流浪救助的社工，在每天积极又正能量的工作之余，我想说点"负能量"。

在流浪救助领域当社工已经有一段时间，各式各样的无家可归者让社工专业出身的我一次次地刷新认知。在没接触流浪乞讨人员之前，我以为乞讨只有在影视剧上才有，我以为露宿拾荒的是可能精神有问题的人，我以为即使贫穷也会将孩子捧在手心，但是，当了解了这个群体之后，才知道"世界之大，无奇不有"。

在绿野慈善基金会的支持下，我所在的机构开展了流浪未成年人救助公益项目，我也开始深入接触流浪未成年人这一群体。项目开展已有几个月，而我跟进的绝大多数流浪未成年人都是跟随父母或其中一方出来流浪、乞讨。他们有的已经上学，有的也会说话，也有的尚在襁褓之中，可我觉得他们至少是有一点幸福的，即使他们的家庭不富裕，父母可能有残疾，无力工作才不得已出来乞讨谋生，但他们起码能得到父母的照顾，能和普通孩子一样成长，会说话、会走路、会上学，虽不幸，但也有所幸。

我觉得作为专业社工，"负能量"这东西至少不会在我工作的时候涌现，但终归我还是太年轻了。我的"负能量"来自一个六岁女孩，她叫飞飞。她小小的个子，瘦瘦的身板，顶着一头乱糟糟的头发，牙齿也因为长期不护理，蛀牙已经非常严重。她不喜欢穿衣服，尤其不喜欢穿裤子，无论是烈日三伏还是寒冬腊月，一穿裤子她肯定"啊！啊！"地哭闹，因为她还不会说话，连简单的"妈妈"也喊不出来，同事和我说，她们也从来没有听她说过话。

第一次见到她是在八月，我们接到消息说一个妈妈带着两个孩子在黄圃大道的高架桥底露宿，所以我和同事过去跟进。飞飞一个人站在三轮车旁边，她的妈妈抱着妹妹坐在草席上，周围很多公安、城管、救助队工作人员。她站在车子旁边，咧着嘴看着，没有一点胆怯。经过劝说，她妈妈同意去救助站，要求把满载物品的三轮车放好。在安置完三轮车之后，我们准备坐救助车去救助站。上车的时候，飞飞的鞋子掉在地上，她妈妈叫她捡起来拿着走，她没有拿，她妈妈吼她，她开始冲着我们尖叫、哭泣，我问她怎么了，她只是一个劲地"呀呀"喊叫哭闹，歇斯底里。那时候我意识到，她与同龄孩子不同。

（二）

第二次见飞飞是在九月，那时她已经和妈妈从救助站出来，继续开始流浪露宿生活，我们在河边找到了她们。她坐在车子旁边的纸箱里玩水，同样没有穿裤子，她妈妈在车上坐着玩手机，妹妹一个人在车上躺着看姐姐玩水。

我们过去没多久，她妈妈似乎在回避我们，借口有快递要拿，便开始收拾东西，放上车子准备走。她叫飞飞快点起来，吼着："你干什么啊，天天就知道玩，都不知道帮帮我，我那么累了，你就啥也不干，当初就应该把你丢进河里溺死你，还省心了。"

我看着飞飞，她站起来了，有点胆怯，却依旧愣愣地站着。她似乎知道妈妈生气了，但是她不明白要怎么做，她也没有说一句话。那时我很无语，也有点知道，为什么她不会说话。

（三）

第三次见她是在十月中旬，在志愿者的帮助下，她们一家终于住到了出租房里。那天我们带着衣服和水果去看她们，弯弯绕绕走进了她们住的巷子里，她妈妈给我们开了门。

一个还算宽敞的单间，进门是一张长条桌子，上面是一堆没洗的锅碗瓢盆，床铺横放在桌子后面，拦住了阳台的门，本来应该是厨房的位置放着洗澡盆。屋子里凌乱地堆放着孩子的尿布、牛奶、米粮等物品，只有勉强下脚的空位置。

飞飞站在床上看着我们笑，穿了旧的裙子，安全裤也没有穿。妹妹在吃着东西，床上还摆着电脑、风扇，床边烧着的蚊香格外熏人。我们给飞飞带了小裙子，让她试了试，她只是傻笑地看着我们，脑子好像有点不太灵光的样子。我们提议应该让六岁的飞飞去幼儿园上学，她妈妈说，已经送她上学了，但是读了两周就因为随地大小便影响其他学生，被学校退回来了。飞飞这个样子，原因何在？

（四）

　　第四次见到飞飞是在十二月，她妈妈退了出租房，因为在出租房里待着没有钱，出来露宿、乞讨可以有收入，她的妈妈可以赚够钱回到老家办理离婚手续，然后去相亲嫁人，开始新的生活。

　　那天我们在公园附近找了一圈，在银行门口的路边找到了她们三个人，依旧是铺着被子在地上，三轮车在旁边。飞飞穿了衣服，只是裤子提了一半，我们帮她穿好，但没一会儿又被她扯下来，如此反复几次，她又开始情绪激动地喊叫。

　　回来我问同事，同事告诉我说："以前她妈妈都不给她衣服穿的，大冬天的在外面，好心人给她很多小孩的衣服，她都不给孩子穿的。"

　　今年一月份，第五次见到飞飞。因为换了地方，我们去看她的时候，她依旧没有穿裤子。我们给她换上了新裤子，但是她咿咿呀呀地发着怪声，不想穿，努力想表达什么但是说不出来，尖叫，又突然咧嘴笑，我那时候是真的被她吓到了。

　　我们帮她擦干净手和脸，费了很多湿纸巾才勉强弄干净。她一直冲着我们咧嘴笑，没有怪声，也不说话，只是笑，但好歹正常些。后来因为妹妹生病，她们一家三人被街道办事处送去了医院住院，我们前往看望。她睡在床的另一头，即使有地方住，头发和衣服也是脏乱的。我们又帮她洗干净手，她很高兴，走到哪里都要拽着我们的手，咧着嘴冲我们笑，还是说不出话。

　　我们提议妈妈带两个孩子去洗个澡，换身衣服干净一点，她妈妈说："小孩子感冒了，洗澡容易着凉，我去洗个头，好几天没洗头了。"

"那你刚好带飞飞一起去洗一下。"我们提议。可能碍于我们在场，她妈妈没有继续说什么，也停下了去洗头发的动作，我看到她妈妈眼里流露出满满的嫌弃的神情。我怕我的"负能量"控制不住，便和同事匆匆告辞。

谁让天使失了语言？在我看来，小孩子都是天使，应该有无忧无虑的童年和纯真，孩子的笑容和声音可以治愈人心。但从项目开始一直到现在，我一直在跟进飞飞，她的笑容只是加重了我的"负能量"。

她为什么到六岁还不会说话？她为什么不喜欢穿裤子？她为什么只会咿呀怪叫？为什么好心人一直在给她们母女钱但还是没有丝毫的改变？为什么政府、慈善组织、社工和志愿者的多方介入都帮不到她？这个"负能量"到底是什么？一个个问题都值得我们去深思。

09　沙盘上的无家可归者之家

　　我是小虎，一名无家可归者。无家可归者之家二期·如英居，建设完成。

　　之所以建设速度很快，是因为我在一家搬迁的大工厂里找到了一个几乎全新的沙盘，沙盘道具很多都没有拆封，还有一本沙盘指南手册。看来这沙盘平时很少用。沙子是白色的，比较少见。通过沙盘指南手册，我把无家可归者之家二期·如英居，浓缩到一平方米多的沙盘上。

　　如英居定位为廉租房社区，只租不卖，规划入住六万人。

　　如英居交通设施便利，学校、医院、银行、社区图书馆等配套设施齐全。为了与一期的高端社区有所区分，中间用一个人工湖完全隔开。人工湖命名为醉心湖，湖里放养着锦鲤、大鹅。为了论证湖里面放养什么较好，我考察了附近的几个大型社区，最终选择了大鹅。至于为什么，我也不知道。

　　如英居物业管理实行智能化和自治化。三表合一，每家的水表、电表、煤气表上方装上摄像头，不用上门抄表数字，打开监控探头，一目了然。业主自发组成巡逻队、清洁队、宣传队，物管、保安、清洁等全部由业主以自愿服务的形式自行负责。

　　社区互助、自助成为亮点。成立"如英居社区自治自助委员会""如英居社区基金"，统筹社区的一切事务。总之一句话，我的地盘我真的做主。

我组织了无家可归者之家的第二次聚会。

我觉得廉租房社区特别适合锤子、刮汗哥。在东站只见到锤子，我载着锤子来到无家可归者之家。

锤子说刮汗哥已经有一段时间不在东站出现，有人说他在外面与一个带着两个孩子的女人租房合住，也有人说他跟人结伴去外地乞讨，还有人说他已经回老家啦，更有人说他组团去东南亚"乞讨致富"。

锤子自己放开喝，我只闻闻江小白。我喜欢江小白的广告语：

无论今天多么糟糕，醉了、醒了，就是明天。

锤子已经被废品收购站老板开除。老板丢了一部手机，店里只有三个人，老板、锤子和另外一个伙计，老板把他们两个人一起开除了。

"你拿了手机没？"

"我肯定没拿。"

锤子用的手机是新的。但愿他没拿别人的手机。

"废品收购站老板赚钱很快，很多东西根本不是废品，都是全新的，来路不清，老板照单全收；收得最多的不是什么废品，而是高档烟酒，还有二手的电脑、手机。"锤子忿忿不平。

"锤子，离开这样的废品收购站也好，你已经成了帮凶。"

锤子有点喝多了："我对不起社工王朝马汉，我要好好干一番事业，在南州立足、发财，买个大别墅，好好过日子。"

我羡慕锤子，想喝就喝，想说就说。

我再次郑重地告诉锤子，我的耳聋好了。

当晚，锤子主动要求住在无家可归者之家。

第二天，锤子郑重地要求留下，跟我一起建设无家可归者之家。锤子除了右手少了两根手指，身体很壮，力气很大，可以帮我很多忙。

但我坚决地拒绝。我觉得锤子还有着未知的未来，不能让我一个人的乌托邦式的憧憬，由两个人来承担。

锤子哭了，哭得很委屈，哭得很伤心。

锤子不高兴地走了，自己坐车走的，不让我送。

看着锤子气呼呼的背影，我祝福锤子：好好活着，好好生活。

我不知道我们是否还能再次相见，我更不知道明天的太阳，我是否能再次看见。

可能因为锤子的缘故，我一下子很怀念东站的伙伴们。

接下来的许多天，我都是在凌晨时分开车返回东站。把长发盘起来，戴上太阳帽、口罩，撑一把伞，把自己的脸盖住，躺在二楼平台的角落里。我担心别人认出我，远远地叫我"小虎"或者"长毛"。但其他人从没留意到我的存在。

即使躺下来，睡不着，也不敢睡。我要在黎明前开车回到小镇。走晚了，电动三轮车可能会被没收。

黎明时分，我悄悄起来，走了几圈。锤子还睡在老地方，头上蒙着衣服，睡得正香。几个熟悉的老面孔还在。另外几个熟悉的老面孔没看到。新的面孔不熟悉。刮汗哥不在。

一个较为寒冷的夜晚，我蜷缩在东站的角落里，我后悔今晚离开我的无家可归者之家。

一群人过来派物资。我远远地看到王朝马汉，还有救助站、救助队的工作人员。我把伞完全罩到头上，身体尽量蜷缩，把被子从头盖到脚。

他们在发粥、面包和方便面，还有毛毯。

王朝马汉走过来。我闭上眼睛，一动不动。

王朝马汉跟同伴说："这位伙伴睡着了，明天我们再过来看看，先留下吃的和毛毯吧。"

王朝马汉把毛毯轻轻盖在我身上。我闻到他身上浓浓的烟草味道。我控制住呼吸，终于没有坐起来。

王朝马汉几个人派送完物资，在我不远处围成一个圆圈小声地分享交流着。王朝马汉稍稍引导后，每个人轮流发表感想，其中一个自我介绍叫"嘉怡"的女孩子在轻轻地抽泣。她说她是第一次参加无家可归者关怀活动的社工，因为刚刚参加工作，较少接触社会底层群体，她完全想象不到还有一群人，竟然这样生活着。

王朝马汉作最后的总结：

每一个故事都值得被倾听。每一个生命都需要被尊重。

每一天，无家可归者的生活轨迹与我们的城市、与我们的生活

052

产生着点点滴滴的连结。这种连结所产生的故事，蕴含着无家可归者作为个体所承载的时光印记，体现着社工和志愿者助人自助的专业践行，也展现着政府救助部门多元化救助服务的社会担当，更彰显着包容、接纳与关爱的城市风貌。

有热烈而压抑的掌声。我翻翻身，眼角有些湿润。谢谢！

王朝马汉强调，鼎力为仁社工机构参加的优秀案例评选活动已经进入网络投票阶段，希望各位能积极发动身边的人帮助投票。嘉怡答应马上发动其他同学投票。

好像是漫不经心的口气，王朝马汉补充道："据说，很多参评机构在花钱刷票，票数很高啊。"

嘉怡兴奋地回应，这个交给她，花钱刷票她最拿手，她爸爸上个月给她买新手机的钱她还没用，原来的手机还可以用。

王朝马汉一再强调：发动投票，不能刷票。

他们走了。几个露宿人员陆续起来喝粥。

那晚，我睡得较沉。我做了一个全新的梦，不是之前的"手术取消"的梦境，而是一个特别正能量的励志故事：自己也成了志愿者，跟着王朝马汉、阿欢，还有一些不熟悉的人，过来东站，坐在锤子和刮汗哥的席子上，跟他们两个人聊天。我没有说话，一直在本子上记录，因为什么开始流浪、流浪多久、平时的生活轨迹、多久没有回过家、为什么不回家、未来的规划、对于政府救助与社工服务的看法与思考，等等，写着写着，笔没油了，我使劲地划，再划，醒了。

我担心我的电动三轮车被偷或被没收。还好，还在。

我回到无家可归者之家，找到附近的网吧，叫老板帮助操作，找到王朝马汉参加优秀案例评选的页面，只有六千五百个赞。

我拿出身上仅有的两百多块钱，叫网吧老板帮助寻找刷票人，老板善意地提醒我：现在骗子太多，不靠谱。我坚信没问题。在支付了两百多块钱后，我看到点赞数还是停留在六千五百个。

10 走出困境，点燃未来的希望

鼎力为仁社会工作服务中心　阿邦

（一）

四十多岁的平大哥来自东北，"吃在南州"的声誉吸引着他，来南州前向母亲借了两万块钱，希望能在南州闯出一番事业。所以他盘算着经营自己擅长的烧烤生意，期望能将东北的烧烤在南州做得红红火火，他也非常相信自己的烧烤能够吸引南州人的味蕾。

在寒冷天气下的一次恒常的夜展当中，我在人行天桥上首次遇到了平大哥。戴着帽子的平大哥说，因为现在流浪露宿在外，加上天气寒冷，洗头是很不方便的，所以会戴着帽子，这样显得干净一点。平大哥显得与其他大部分流浪露宿者不一样，无论是衣着、被铺，还是露宿周围的环境，都很干净，虽然当时天色已黑，灯光也不足，但依然能够感受得到。通过对话，我不但对平大哥在南州的情况有了基本的了解，而且也感受到了平大哥对母亲的愧疚。

经过这次夜展的接触，我与平大哥相互认识，也建立了信任关系。自此以后，我都会定期对平大哥进行探访，去逐渐了解这位东北汉子，了解他在南州的生活经历，了解他的心路历程，了解他对生活、对社会的态度，还有对未来的看法。平大哥比较能说会道，很有主见，也比较喜欢与人聊天，形象显得不错，但仍然避免不了风餐露宿对精神状态的影响，这种生活状态是平大哥目前的最大威胁，也是其最困难的时刻。

通过多次的探访，我与平大哥聊了很多。平大哥对我说，他对南州并不陌生，之前也来过，那时候他们家还在附近城市买了房子。但后来父亲生病了，所以把房子卖了作医药费。他父亲是在附近城市的医院医治和去世的，父亲的墓地也是在附近的城市。在一年多前，他向母亲借了钱来到南州，打算做东北烧烤的生意，但后来因为调料、味道等不适合南方人的口味，生意不太好。最后档口倒闭了，而自己当时也很迷茫，向母亲借的钱亏掉了，也不知道能再干点什么、能找到什么样的工作。所以只能借酒消愁，然后在江边睡着了。当早上醒来之后，自己更是茫然了，如晴天霹雳，他发现自己的裤袋被割开了，钱包不翼而飞，所有的证件和钱财都在钱包里啊，不见了等于什么都没有了，如何找工作？如何生活？如何攒钱回家？一连串的问号飘浮在他的眼前。

平大哥继续跟我说："没有身份证很难找到合适的工作，虽然自己有户籍信息，到派出所也能查到，但对于找工作还是很困难，而目前补办身份证的唯一方法就是回老家办，自己也知道可以通过救助站回家，但一想到没钱还给母亲，就觉得难以面对母亲。"每当说到这些，平大哥总是显得很无奈，双眼也是泛着泪水，让人感觉他对母亲负有满满的愧疚感，更有说不出的歉意。

（二）

虽然平大哥面前的道路困难重重，甚至一大堆疑问充斥在他的脑袋里，但正如平大哥自己说的，自己是东北大老爷们，不能就这样垮了。找不着工作，就去捡废品。废品收入低，就勤快一点，自己有一辆自行车，去远点的地方捡。为了省点钱，他开始了露宿的生活，然后就找到了这个人行天桥。这里地方相对大一点，不妨碍行人路过，有一些东北的老乡，大家有共同的话题可以聊，而且可以算是遮风挡雨。

平大哥为了能够在这里居住久一点，很注重这里的环境卫生和与附近住户的关系，尽量不影响别人。平大哥说，只要自己做好一点，附近的居民就不会投诉，在看到自己努力去捡废品后，居民们甚至会把不要的瓶子、纸皮、报纸、二手物品等送给他去卖，这些平大哥都记在心里，甚是感激。

平大哥是一个热爱思考、紧贴社会步伐的人，他每周都会去图书馆看书，平常也会用手机看新闻，让自己不脱离社会。他在捡废品过程中努力摸索，哪些时间段去捡会更好，去哪些地方捡会更好，最后甚至发现很多居民都会放一些自己不用的二手物品出来。平大哥想了想，在这些二手物品中选择一些较新的、试过能用的物品，包括一些电子产品、装饰品、摆设等，然后去天光墟市场摆卖，试一试自己的手气和运气。果然，这些东西在天光墟市场很受欢迎，自己也获得了相对不错的收入。所以他坚持这条道路，希望在能维持自己生活的情况下，尽快把欠母亲的钱攒回来，之后就可以回家面对母亲了。平大哥说这些的时候眼神很坚定。

在一次面谈当中，我问了平大哥一些问题：现在这种做法能为你带来多少收入？每月除了开支外，能存下多少钱？什么时候能如愿回家？这段时间跟妈妈通过电话吗？你是如何计划的？

平大哥听了我的这些问题后，面露难色，表情暗淡，心里面暗藏的泪水涌到眼眶。平大哥沉默了一段时间后说，因为刚开始，目前的收入不稳定，自己平常的开支不少，比如平常的晚餐都是大家合伙的，当其他老乡当天收入不怎么样的时候，自己也会提供一些帮助。毕竟这种生活自己也遇到过，所以暂时也很难说能不能存到钱，什么时候能存够钱回家面对母亲，现在甚至都不敢跟母亲和家人通电话，更加不敢让他们知道自己现在的状况。

听了平大哥的回答，我对他给予鼓励，也提出希望他能主动与家人联系，以在精神上对自己有所支持，也可以让母亲放心，然后也和他讨论及分析了如何一步一步实现存钱回家的方法和途径。

在之后的一段时间，平大哥也按照计划一步一步地去做。而且通过摸索，他在物品收集上，不仅仅收集一些普通的电子产品、装饰品之类，甚至也收集一些字画、花瓶等；也不单单是捡，有遇到合适的还会收购。就这样，平大哥的收入越来越稳定，可以继续按计划去达成目标。

（三）

在后来的一段时间，因为平大哥的电话丢失了，我联系不到他，同时因为城市管理越来越严格，在人行天桥上，我也看不到他的身影和行李。正当我以为不能再见到平大哥的时候，在一次日常外展中，竟然看见了他。此时的他衣着更显干净，剪了个头发更显精神，整个人的精神面貌显得不一样。随后通过交谈，我得知他现在租了房子，也有比较稳定的货物渠道在天光墟摆卖，有较为稳定的收入，估计年底就可以回去了，他随后还询问了我如何办理乘车证明。

之后的一天，我对他进行了回访，参观了他居住的房子，发现里面很整齐，更想不到的是家具等基本都是捡来的。平大哥对我说，和在外露宿相比，租房子过上正常的生活就是不一样，休息会更好一点，人也会更加自信，现在与母亲和家人的交流也多了很多，预计年底就可以回家与母亲团聚了。他想在补办身份证后再规划未来，也有可能重新回到南州，但不会再让自己陷入之前的困境了，现在也更清楚自己未来的道路。

就这样，尽管平大哥面对重重困境而备感失望，但从不气馁、从不放弃，只要我们在身边给他鼓励、给他支持，陪伴他走过最困难的阶段，他完全可以走出困境，重新燃起未来的希望。

11　刮汗哥的葵花宝典：二十大奇葩乞讨

　　我是小虎，一名无家可归者。无家可归者之家迎来了第三次聚会。

　　这次聚会的主角是刮汗哥，他赞助所有物资。他容光焕发，眉飞色舞，小人得志的神情叫我和锤子不爽。

　　他正雄心勃勃地走在"乞讨致富"的路上。他偷偷跟我私聊，叫我跟他一起"乞讨致富"，我断然拒绝了他的邀请，并郑重地告诉他，不要把锤子带进去。他不太情愿地点点头。

　　他描绘的各种奇葩乞讨方式叫我无语。我详细记录了下来，将来给王朝马汉和阿欢作参考。今天只记录了欺骗乞讨——刮汗哥的葵花宝典：二十大奇葩乞讨。

（一）年纪轻轻却讨六元路费

　　从五月起，经常是在晚上八时左右，有一名约二十岁的女子，在火车站外侧栅栏处乞讨，地面上用粉笔写着"求助六元钱车费"几个字。该女子类似学生装扮，穿白色T恤、背双肩包，衣服整洁，留齐肩长发，白白净净，蹲坐路边。工作人员与其多次沟通，但此女子始终拒绝交流，并马上乘坐地铁离开。

（二）亮诊断书为孩子讨"药费"

在地铁、医院、车站，时常有为"病重孩子"下跪乞讨的现象：拉着易拉宝，铺上条幅，贴着几张过塑的诊断书、几张孩子的照片，有时一人，有时两人，有时多人。七月初，在某三甲医院天桥，只见有五人跪地乞讨，遇到有人核实具体情况的时候，他们无法提供有效信息、证明人及详细病例，之后便仓促离开，并声称只是为孩子要点学费而已。

（三）用假血在医院门口换真钞

从六月起，一名约四十岁的男子，凭借一包假血、一个音箱、一辆三轮车，在医院、景区、街面等人员密集的地段乞讨。他裸露上身，以假血涂抹头部、上身，再配以哀婉的音乐，偶尔还会用纱布包裹头部。但询问之下他却无法出具任何伤残证明。

（四）父子假扮残疾乞讨

在中心城区的某天桥附近，有一对父子长期在此乞讨，平时会挂着拐杖，走路一拐一拐的。父子俩中父亲假扮盲人，儿子假扮残疾人士，平时一起结伴乞讨。春节期间，返乡的时候两个人健步如飞。

（五）"孕妇"自称遭"男友抛弃"

六月份，一名三十多岁的大肚子"孕妇"，在车站、繁华商业街跪地乞讨，露出肚皮，地上文字材料写明"遭到无良男友遗弃，讨要七百二十元车费返乡，希望好心人施舍……"好心人想了解详细情况和家庭联系方式，表明救助站可以无偿提供车票返乡，无需跪地乞讨。好心人好言相劝，却遭到女子辱骂。随后该女子健步如飞地离开。有街坊反映，该孕妇"怀孕"一年多了。

（六）买低价车票进站乞讨

一段时间以来，在某车站候车室，常有乞讨者结伴混入。他们通常购买最近距离的十元车票。乞讨者时不时在座位上装睡，待乘客较为集中时，手持一沓钱币，向候车的乘客拉网式乞讨。年长的乞讨者多为残疾人士，年轻的乞讨者多数情况下扮作"聋哑人"，拿着写有求助字样的纸板，走到候车人面前乞讨。

（七）假装患"小儿麻痹"博取同情

卖艺乞讨现象也是五花八门。在某地铁口，一名四十岁的大哥在街头卖艺，他趴在手风琴上，一只手操作键盘，一只手答谢帮衬的街坊。为了吸引目光，他两只脚故意交叉在空中，做小儿麻痹症状。身旁还放着一支拐杖，停着一辆电动三轮车。收工之际，这位大哥却非常麻利地收拾好东西，无需拐杖，骑着电动车扬长而去。

（八）兼职模特也乞讨

杨大哥五十多岁，四肢无碍，原来打散工，晚上露宿。后偶然捡到一辆轮椅，在他人指点之下，改行乞讨。早晨他推着轮椅上街，到繁华路段后再坐上轮椅慢行、乞讨。有时为了增加真实效果，他会挂着一个假尿袋，扮作病患。其他不开工的时间，会到美术工作室做兼职人体模特。

（九）同乡结伴流动乞讨

在某繁华步行街，有多名老乡结伴乞讨。有的是远亲，有的是近邻。他们的老婆、孩子在老家生活，自己在一年的春节、暑期回老家两个月，其他的十个月都是结伴外出流动式乞讨，用十个月的乞讨，换来一家人一年的开销。

（十）借荣誉证书假扮军人

六十岁左右的项大叔，长期在医院门口、BRT（快速公交系统）沿线天桥乞讨。穿一身不太合体的旧军装，地上铺上各种荣誉、各种证明的喷画。项大叔坦言：物品等资料都是真实的，但却是他村里邻居的，他只是借用。凭借张冠李戴的资料，项大叔日子过得很滋润，天天随身一包中华烟。

（十一）夏天盖棉被，"因病"乞讨

一位大妈，在夏天的烈日下，盖着棉被，头上敷着毛巾，躺在旧纸板上。旁边一个小伙子，跪在地上，一个劲地磕头。地上放一张纸：妈妈病重，跪求好心人帮助。其实，那根本不是他妈，连他姨都不是。

（十二）梁伯，我是看着你乞讨长大的

自2000年起，十几年如一日，盲人梁伯长期盘踞在同一个地铁

口附近乞讨，斩获颇丰。他是邻近城市的退休工人，有退休工资，有子有女，雇用专职保姆，却接受救助多次。除风雨天之外，早上八点由保姆带着吃早餐后，自己坐公交车到达固定乞讨地点，下午四点左右自己坐车返回租住地。"上下班"时，相熟的小区邻居时常会大声跟他打招呼："梁伯，又去发财啊！"他只当没听见，匆匆而过。曾经在一场大病后，他只休息十几天，便重出江湖。附近的年轻人不无感慨地讲道：我都已经上大学了，他还在乐此不疲地乞讨，我是看着他乞讨长大的。

（十三）毛叔夫妻，通道里双双开工

车站地铁通道里，六十多岁的毛叔夫妻夫唱妇随，有时结伴乞讨，有时分开行动。背一个小书包，平时会把讨钱的道具小盆子放进书包，开工的时候再把小盆子拿出来。早高峰的时候，他们会蹲坐或跪在通道边上，有时躺在地上扮作病患或身体不适。他们拒绝政府提供的救助，也拒不回答问题，只是腼腆地笑笑，即使离开，一转身还会立刻回来，像普通的乘客一样坐在角落乘凉。

（十四）师傅带徒弟，双双献艺把歌唱

四十多岁的胡大哥是"游击战"专家，身体残疾，租有固定住所，十年如一日，骑着电动三轮车长期流动卖唱。本着"优势互补"的理念，他带了一位盲人徒弟，拉着大大的音响，借助三轮车双双出行。两个人或独唱或合唱，着实吸引眼球，财路不断。

城市隐者

（十五）住"双层大巴"，高音喇叭助阵

张大哥为资深乞讨人士，高位截瘫，乘坐改装版的双层电动四轮滑板车，以车为家，吃喝拉撒睡全部在"双层大巴"上搞定，风雨无阻。他边乞讨边放歌，边把几毛钱面值的钞票坚决地从塑料桶里拣出来，扔到地上。每隔一段时间，他会把矿泉水瓶里接的尿液倒在地上一次。钱收集到一定数量后，就到固定的银行去存钱，由保安叫工作人员把钱袋拿进去清点，而他则在外面的"双层大巴"里等候。

（十六）卡片刮汗，不惧高温酷暑

医院门口或天桥处，近四十摄氏度的正午时分，高度残疾的项大哥，不惧高温酷暑，执着坚持，对于挪到阴凉处乞讨的劝导置若罔闻，对于好心街坊赠送的草帽断然拒绝。他自备一张卡片，每隔一两分钟，用卡片刮一遍脸上的汗水。

（十七）一根竹竿，五人结伴乞讨

每逢周五，在中心城区的繁华地段，常大姐时常会带着四位男性盲人结伴乞讨。四个人用一根竹竿排成一列，由常大姐牵引着到达合适的位置，然后，五个人一字排开，人手一盆，等待好心人的施舍。五个人为老乡关系，租住在城中村，衣食住行、乞讨，由常大姐一手打理。

（十八）骆驼大哥，跪地裸身乞讨

在地铁出口、十字路口，偶尔会出现带着骆驼乞讨的西北大哥。

骆驼很听话地卧倒在地。西北大哥跪在地上，裸露着有手术痕迹的上身，地上摊开一张喷画，上面写满悲情故事与重大疾病状况。他几乎不说话，对于疾病情况不作任何解释。过一段时间，他会把骆驼的粪便清理到垃圾袋。即使大雨滂沱，他也依然撑着伞在雨中乞讨。

（十九）乞讨路上，"捡"妻生子

七十一岁的刘大爷的乞讨生活可谓收获颇多。多年前，老伴去世后他开始乞讨生涯，遇到一位四十岁左右的大姐，两人结婚后生了两个儿子。平时一家四口乞讨，后由救助站、救助队与社工护送回原籍地，孩子、老婆上了户口后又返回。经过多次跟进后，两个孩子暂时在寄宿学校上学，他和老婆仍结伴乞讨。

（二十）假扮八戒，实为要钱

没有了师父的监督，"猪八戒"改行乞讨啦。在步行街、景区门口，"猪八戒"频频出现，手拿钉耙，头戴蒲扇帽，一身盛装，引人瞩目。许多街坊以为是行为艺术，纷纷围观、拍照。在博取人们好奇心的同时，"猪八戒"一手握钉耙，一手亮出腰间的二维码，开始要钱。

12 拾星的孩子

鼎力为仁社会工作服务中心　晓卓

（一）

还有一个月，开展流浪乞讨人员社会工作介入服务项目就满两年了。还记得当时王朝马汉把这个项目的指标发给我看，然后淡淡地问了句："做不做？这项目很有挑战。"我只简单地回了句："做！"那时候想做是因为这个项目只做个案，大家都说个案能够让社工最快地成长。我当然想把握这个机会好好锻炼了。当真的承接了这个项目后，我心里的兴奋又多了一点，只是这个项目没有过多的服务参考，这让我有了回到2009年开展社工服务站试点工作的感觉。一切都是从零开始，没有过多的条条框框限制，我们可以根据自己的想法，大刀阔斧地去创造。我喜欢研究和创造，所以在做资料库设计、服务地图，以及员工手册等工作的时候，我都能全情投入，享受一把。

当然除了享受，这个项目还带给了我很多的体验和思考，包括对社会工作在社会发展过程中的作用的思考、社会工作特点的思考，以及人生意义的思考。

（二）

社会发展的洪流总会冲刷一片堤岸，带下砂石。社工变身水草，

067

营造一方生态，让砂石有安身之处。

有一次外展服务让我印象深刻，那是一个阴雨绵绵的傍晚，我们去了仁民南的一座天桥外展，发现一个四十多岁身体粗壮结实的无家可归者。他的眼神平淡中透着沧桑。我很好奇这样一个人为什么会在这里流浪，于是认真地与他攀谈起来。他让我们称呼他为"盲流"，并告诉了我们他的生活经历。

他来自中部地区，二十多年前就来南州做建筑工人，但后来得了心脏病，再也干不了活了。而他的家乡也发生了很多的变化，首先是自然村户口转成了城市居民，后来又重新划分出来成为独立的市。家乡经过多次的转变，而他一直在外打工，没有跟进户籍变更的手续，所以户口早早就被注销，难以重新申请，无法找回，成了"黑户"，最后他兜兜转转来到这里流浪。

说话期间，他自豪地指着江对岸一栋几十层的高楼对我说："那一栋楼，我也参与建设了。"他的话语和经历让我异常难受。他为我们这座城市的建设奉献了二十多年的青春和健康，然而曾经工作过的场所被其他健康的人接替了，而他连家乡也回不去，社会的福利都没有了。他便像在社会发展的洪流中被冲刷下来的砂石，无处安放，最后沉淀在繁华都市的角落里。

这样的际遇并不是特例，有大量的人正从乡村以及欠发达地区外流，抛弃了赖以生存的土地、文化、人际关系，甚至户籍，来到了繁华的城市，最后却发现，自己根本无法适应和融入城市正常的生活，更难以改变自身的生活状况，进而逐渐沦落为无家可归者。

他们中有很多人，尤其是五十岁以上的人，对于自己的社会地位的转变并不会有过大的情绪反应，因为中国经济的迅猛发展也就是三十年前开始起步，十多年前开始崭露头角，最近几年绽放异彩，让民众生活水平显著提升。此外，现在有些地方的经济水平和生活质量依然不算高，所以虽然街友的社会地位是往下流动，但是生活质量并没有太大的下滑，甚至生活水平还有所提高，至少生存是能够保障的。有一个无家可归者曾经说过："这里的地板比我家的床还要干净啊。"生活质量就如温水，把无家可归者煮熟，当他们再想跳出这个生活模式时，才发现已难以实现。

水草并不能影响流速，更不会另辟河道，但却能美化环境。宛如水草，社会工作不阻碍社会发展，但用资源链接之根茎，固定无家可归者这些砂石，不再让他们随波逐流，并通过直接服务转化土壤，结合砂石营造悠然环境。营造一方环境，注定是一个繁复而且长期的工程，社工需要发挥巩固和转化的功能。很欣喜的是，我们的服务正在正确的道路上前进着。一方面，我们为无家可归者搭建和完善支持网络，通过公益创投申请了公益超市，还与慈善会、腾讯乐捐建立爱心募捐平台，并联同政府、企业、高校、公益组织共同提供支持服务并初见成效；另一方面，我们激发无家可归者转变动机，发挥其能动性和专长，最终摆脱流浪乞讨的生活。我们也鼓励无家可归者发挥自己的作用，做力所能及的社会服务。未来的路很长，我们需要做好长期奋斗的准备。

（三）

社工不是蜡炬，不必燃烧自己来照亮他人，但应该如水，刚强能摧枯拉朽，细腻能润物无声。

　　我家两老最喜欢看的就是抗日剧，所以我从小便耳濡目染抗日战士为理想和事业而抛头颅洒热血的牺牲精神。潜移默化地，每次遇到困难的、有危险的工作，我便主动积极地冲上去。在流浪乞讨这个项目里，便有了很多我"表现"的机会，因为我们的服务对象构成实在丰富，精神病、吸毒、罪犯、传染病等具有危险性的人员也夹杂其中。

　　在项目初期，我虽然了解风险重重，但心中那接纳、尊重等社工价值观以及那满满的牺牲精神"作祟"，让我不顾风险地冲在前面，用最近的距离、最热切的关注让无家可归者最大限度地感受到社会的爱。

　　于是，上天给我开了一个小小的玩笑。在遇到第一个确诊肺结核的服务对象韩大哥时，我还不知道他有肺结核。那时他因为把打火机、指甲钳等异物吞到肚子里，疼得都站不起来了。为了保障他的生命安全，从街边到医院一路上，我全程相伴照顾在其左右，甚至他流口水，我也帮忙擦了。后来我才得知他有肺结核，于是马上去了胸科医院做肺结核检测。结果出来时，我懵了，因为结果显示我没有肺结核的抗体，而且已经患上肺结核的概率很大。

　　在疑似患了肺结核的期间，王朝马汉放了我几天假，我辗转于家和医院两点之间，心中不断地拷问自己，如果真的患病了，值得吗？我的答案是不确定的，因为不计后果地往前冲，我可能会失去工作，可能会因治疗而让肾脏功能衰竭，可能要很长一段时间被隔离治疗，而最直接的是我的父母会因我的病情而终日惶惶。不计后果是对我自己、对爱我的人、对我的工作的不负责。社工不应该把自己当作蜡炬，燃烧自己，燃烧爱。

虽然我们的工作风险大且困难重重，但是我们的使命便是突破原有的思想和现实桎梏，为社会的良性运行，为弱势群体的权益而奋斗。所以我们必须强大，必须坚守，如迅猛之水，摧枯拉朽，突破障碍。

还记得有一个服务对象杨姐生了孩子，但由于杨姐自身疑似精神异常，无法照顾好孩子。我们的社工不言辛苦，多天日夜相伴，并且排除艰难，推动了街道、公安、救助部门等各单位商定帮扶方案，最后保住了新生儿的生命。

（四）

社工除了要有强大的信仰和原则，还需要细致观察、洞察和滋养人之内心。我们已经开展个案两百多个，有很多服务对象都已经与社工建立起牢固的信任关系，每次见面如见父母兄弟姐妹。如服务对象小刘，无论她身在何处都会以书信或电话的方式向社工蔡姐讲述自己的生活，我们都笑称小刘已经把蔡姐当成了妈妈。但其实我们都很清楚，是蔡姐给予了小刘足够的关爱和支持，让小刘的自尊和对美好生活向往的种子萌芽，并去寻找更好的生活。

当我再次遇到一个肺结核患者的时候，我不再迷茫，而是戴上口罩、手套，做好防护措施，爬进他住了两年的用木板与纸皮搭建起来的拥挤狭小的家里，帮他把行李清理出来。看着里面发霉的衣服、偶尔爬过的蟑螂和蜘蛛，我感受到了自己作为社工的力量，如果不是我们的介入，服务对象将会每况愈下。

这个世界上有意义的工作很多，社工是其中一种，我很庆幸自己成为一名社工，也很庆幸流浪救助服务项目让我察觉到自己能成为一个如水般的社工。

虽然在这个世界里，每个个体都如微尘，但却也与世界密不可分、相互影响。或是正向促进，或是负向破坏。而流浪救助项目的工作让我相信自己能够发挥正向促进的作用，我愿意成为世界的一部分，发挥自己的潜能。这种来自灵魂深处的认可，也让我的心安稳下来继续去发展我的事业，享受我的人生。

拾星的少年最幸福。海滩上拾星的少年，享受着海滩漫步的怡然，感受着每颗海星重获新生的喜悦，也欣喜地看到更多人投入拾星的行列之中。而在海星都重归大海后，也许少年又发现了小海龟，协助它们投入大海。

幸福的人生，我觉得大概就是这个样子。

城市隐者

13　停滞的无家可归者之家

　　我是小虎，一名无家可归者。无家可归者之家的规划建设停滞在原来的状态。我的身体和精神状况越来越差，对无家可归者之家的兴趣在莫名其妙地消退。

　　一种无以名状的虚无感包围着我，我喘不过气来。有时候会躺上整整一天，望着我的无家可归者之家发呆，偶尔有火车疾驰而过，周边的喧嚣也与我无关。我不确定，我的无家可归者之家，还能存在多久，还有多少存在的价值。

　　我是谁？我能是谁呢？这样喧嚣而孤独的时光，是我的，还是我们的？

　　社工阿欢突然出现在无家可归者之家。

　　他开着一台大大的SUV，车上装满食物，还有个户外帐篷。

　　他坐下来，拿出笔和本子。我告诉他，我的耳聋好了。

　　他开始抽烟。他之前从不抽烟。

　　原来是锤子告诉他，我在这里。他告诉我，他打算辞职不做社工啦，准备回老家，跟着爸爸一起打理自家的海上养殖场。这台车是他爸爸的，如果在南州，他的工资无法养一台车。他这次来是先搬运大件的物品回老家。

　　他劝我还是早点回家，说干朝马汉也已经知道我在这里，先叫

073

他过来看看我。他还告诉我，王朝马汉的鼎力为仁社工机构最近遇到很多麻烦：社工离职、流浪救助社会工作项目招标受挫、其他领域的项目又有着强烈的诱惑，鼎力为仁社工机构还能不能长期坚持流浪救助社会工作服务存在着极大的不确定性。

对于阿欢离职的想法，我有些惊讶，他做了几年的社工，未来应该还有很大的空间，只是待遇确实有限，在南州这样的大城市生存有点艰辛。至于王朝马汉的社工机构事业，我了解不多，不是太懂，只是隐隐约约感觉如果他们能聚焦一个领域，肯定可以有发展、有突破。只是流浪乞讨人员群体的复杂性，会阻碍他们的决定和决心。

支好帐篷，阿欢准备今晚在无家可归者之家露营。

我说露营两个人最好，你怎么不带上女朋友，他笑笑。对于阿欢的事情我所知甚少。我一直沉浸在受关注、受关怀的角色里，对于他人越来越失去探寻的兴趣。

我和阿欢搬下车上的物资，开始野餐。我第一次见阿欢喝了那么多啤酒，他的脸色已经完全涨红。

他讲了很多自己的事情：原来他在南州看上了一套房子，家里也给他准备了一笔钱交首付，但就是一直没有下定决心。在准备买的时候，南州又出台新的限购政策，要交社保达到五年以上才能有购房资格。他不够条件。他也到周边城市看了很多房子，但自己住嫌太远，投资的话又感觉房地产的增长空间未必乐观，买房的事情被无限期地搁置了。父母的身体不是太好，经过反复权衡，在父母的期待和亲情的召唤下，他决定回老家子承父业，打理自家的海上养殖场。

他没有说关于女朋友的事情，我猜测如果有贴心的女朋友在身边，他应该不会这么坚决地返乡。阿欢的返乡，肯定不是衣锦还乡，也不是混不下去才回去，个中的原因我一时也想不清楚。

"小虎，你知不知道，社工机构的发展面临很大的挑战？"

"阿欢，这些我真不知道。都有哪些？"

"社工机构主要面临三个方面的挑战：第一个是人才短缺、积累不够，服务成效难以持续；第二个是流失率大，从业者不够稳定；第三个是没有体现出独特的社工服务价值，大多数服务同质化，不够深入或者因为种种原因难以深入开展。"

"王朝马汉应该还会坚持吧？"

"不管他坚不坚持，反正我是不坚持了。"

他似乎跟王朝马汉产生了较大的分歧：他说他原来之所以从人力资源专业转型到社工，并考取了助理社工师证书，很大程度上是受到王朝马汉身上的执着追求所感召，所以才义无反顾地投入流浪乞讨人员的救助服务中来；但慢慢地，伴随着项目的逐渐开展，王朝马汉从最开始有意回避媒体采访，到现在变得越来越喜欢接受媒体采访，甚至于创造一些采访的机会，越来越热衷于出风头，竭力参加各种各样的案例评选，每天催促团队社工们写案例、写故事、写论文，他不是太赞成。

我说王朝马汉应该不是喜欢出风头的人啊。阿欢说：他原来是不喜欢出风头，现在却不一样了。几天前，一个项目没有中标，王朝马汉心情不好，喝醉了，我送他回家，他在小区门口摔倒了，小区的保安过来扶他起来，保安告诉他："我在电视上看到过对你的采访，做流浪汉的工作，好人啊!"保安给他竖起了大拇指，他一下子清醒了，紧紧地抱住保安，大声地跟我吼起来："做得好没用，宣传得好才行，一定要大力宣传，叫看不起我们的人无地自容……"

阿欢有些醉意："长毛，嗯，不，小虎，你不知道，他在春节前后，在火车站广场接受了九家电视台、三家报纸媒体的采访，他还洋洋得意地说他讲得快吐啦。我早都想吐了，你知不知道?"

"王朝马汉为什么要接受那么多采访?"我问道。

"肯定是想宣传自己、宣传项目，扩大影响力。"

"我觉得没问题呀，做了好事应该宣传。"

阿欢真的吐了。他醉了，沉沉地睡去。

我在无家可归者之家轻轻地走来走去。阿欢的帐篷里传出极大的鼾声，我理解了他坚持露营的理由，真的不是嫌弃我。

而他离职的想法，是不是因为我或者我这样的无家可归者"反复救、救反复"而导致的成就感下降，我不得而知。

从另外一个角度而言，我们这些无家可归者是阿欢的服务对象，更是阿欢的一种希望所在。

我想挽留阿欢，我想作一次改变。

微微的晨光中，我步行几公里去买早餐。

走之前，阿欢劝我早点回老家。我答应他会尽快回去。

14　走失精神病人的回家路

鼎力为仁社会工作服务中心　阿欢

（一）午夜，千里寻亲的儿子抵达南州

已经是夜晚十一点多了，任大姐有些困倦，躺在小卖部门口的板凳上睡着了。这时，任大姐的儿子小罗跟随我们来到了这个任大姐流浪露宿了大半年的社区，看着母亲单薄的身影，小罗顿时感伤起来，急忙上前喊醒母亲。

"妈，我是你的娃儿！"小罗用家乡话表明自己的身份。任大姐抬起头疑惑地看着自己的儿子，问道："你是谁？"这一问让小罗更加着急了，连忙把户口本和自己小时候的照片掏出来给任大姐看。

突然，任大姐站起来就往外走，小罗见状也跟了过去，两人一下子就消失在漆黑的街角处。过了十分钟左右，母子俩回来了，只见他们手牵着手，亲密地聊着天，这让我们顿时看傻了眼。原来就在几分钟以前，任大姐认出了自己的儿子。我幻想过很多种亲人久别重逢的画面，但是对于任大姐和儿子失散三年后的这次重逢，却有点意想不到。

凌晨时分，我们在附近酒店开了一间房给母子俩休息，商定好坐第二天下午的火车回他们老家。在准备离开酒店房间时，任大姐想让我们留下陪她，她极力地挽留我们，最后是小罗出面阻止了，看得出来我们之间的信任关系已经建立得非常好了。

原来，任大姐在多年前患了精神疾病，经过治疗后在家里等待康复。后来，在三年前离家出走，家人则一直在苦苦寻找。

（二）护送，任大姐顺利返乡

考虑到任大姐的实际情况，机构决定派我护送他们一起返乡，并链接爱心资源，资助他们两人的返程车票。

第二天中午，我们接任大姐去火车站坐车，见面就发现任大姐心情特别好，脸上一直带着笑容，走起路来都明显快了两步，看来是归家心切。在从候车室往车站站台走的时候，任大姐一直走在我们前头，小罗担心母亲在人流中走散，紧紧牵着她的手，却被任大姐拉着往前走，我们看着都不自觉地笑了出来。

上了火车，任大姐稍微放松了心情，但高兴之情依然溢于言表。任大姐一直往车窗外看，眼神里充满了期待，似乎眼睛里看到的就是家乡的风景。

这样的任大姐和我们之前所认识的她，有着太大的不一样了。任大姐是塘新社工站转介过来的个案，疑似患有精神疾病，平时善于言谈，但是口音较重，难以听清楚她讲了什么。一旦犯病，她就认不得本来熟悉的人，见人就开口大骂，情绪极度激烈。经过救助队近一个月的长期跟进，我们在和她聊天的过程中终于获得了她的个人信息，经居委和街道的核实，最终确认了她的身份信息，并联系到了当地的居委，通过当地居委联系上了她儿子小罗，小罗知道自己失散三年的母亲被找到了，第一时间就想坐车来接回母亲。

我和小罗负责轮流在火车上照看任大姐，防止中途任大姐出现特殊情况。当我睡醒准备从上铺下来和小罗换班时，发现小罗正盯着任大姐看，就那样安静地、一动不动地看着。我不知道是不是儿子太久没见过母亲，需要好好弥补这三年来不能见面的痛，还是别的什么原因，此刻我不想打扰他们。

　　上半夜是我值班，任大姐没有特别的举动，只是睡醒的时候会往车窗外看一会儿，然后继续睡下。下半夜是小罗值班，我爬上上铺躺下时已是困得不行，立刻沉沉睡去。早上醒来的时候，任大姐已经醒了，我问小罗任大姐有没有出现什么情况，他说早上五点多的时候任大姐表现有点异常，话特别多。这种情况和任大姐露宿期间周围街坊反映的一样，任大姐在早上会出现大吵大闹的情形，只是这次的表现轻微很多。

　　火车到站后，任大姐的那股高兴劲儿开始有点变化，变得有点安分和从容，出站后更是轻车熟路，这次是真的回家了！在车站外迎接我们的是小罗的妻子小燕，这是小燕第一次见到自己的婆婆，她睁大了眼睛看着这位迟迟未见上一面的婆婆，显得又开心又有点忐忑不安，嘴里竟说不出一个字。已经是中午时分了，我们去了附近一家小餐馆吃饭，小罗给任大姐点了一碗当地的特色美食"豆花"，就是任大姐一直惦记着、喊着要吃的豆花，她吃起豆花时脸都是笑着的。

　　任大姐的家在一处小山腰上，旁边就是气势磅礴的长江，对面河岸是一排排林立的高楼，而周围是草丛和树林，附近只有这么一栋房子。这栋四层的房子是任大姐走失后才开始建的，小罗专门给

079

14 走失精神病人的回家路

母亲留了一间大房，只是房间主人到现在也没住进去过。

（三）继续，精神病院治疗

到家后不久，当地居委会、街道办事处和派出所的工作人员过来看望任大姐，商量着把任大姐送到当地精神病院治疗。任大姐又开始情绪激动，破口大骂，大家只好暂时回避，由小罗安抚任大姐的情绪。起初小罗也拿母亲没有办法，最后竟然是用一支香烟让任大姐恢复了平静，只是这支香烟一直被任大姐拿在手里，最终也没有点燃。

这让我感到有些好奇，任大姐在南州露宿时，每天都捡几十上百个烟头来吸，在和我们聊天的过程就可以吸上十几二十个烟头，一支新的香烟在任大姐嘴里也只是三两口不到一分钟就被吸完，现在她反而拿着香烟没有把它点燃。

我们一行人坐上一辆面包车前往当地的精神病院，汽车沿着长江边的公路一直开了几公里，突然调转方向驶上一条横跨长江的大桥，又很快跨越长江沿着另一边的河岸行驶了接近二十分钟，最后停在了精神病院门口。

任大姐先是大骂了医院一楼登记处的工作人员至少十五分钟，然后我们到了二楼的住院部，任大姐突然变得很乖也很安静。原来，这里就是任大姐曾经住了三个月的地方。因为和丈夫闹离婚，当时从事教师工作的任大姐患上了精神疾病，三年前接受了住院治疗，因为忍受不了，任大姐要求儿子小罗接自己回家。心软的小罗在母亲病情没有完全稳定的情况下把她接了回家，不久后母亲从家中走失。小罗报了警，也向打拐办备了案，但一直没有母亲的消息，这一晃就是三年。

小罗为母亲办好了住院手续，工作人员开始给任大姐安排床位、生活用品，吩咐家属给任大姐准备物资。我看着任大姐很自觉地走进精神病院安置区的铁栅栏，瞬间融入了数十位在栅栏内等候发饭的精神病人当中。饭点到了，任大姐排在队伍中等候发饭。看着任大姐那种似乎习以为常的样子，我内心隐隐觉得有点痛，不是因为曾经的人民教师如今要住进精神病院，不是因为突然想起那个边织毛衣边笑着和我们聊天的任大姐今后要和一群神情各异的病友生活在一起，而是在想为什么要把精神病人像动物园里的动物一样"圈养"起来，更难过于自己似乎也默认了这样一种对待精神病患者的治疗方式。不知道将来科技的发展，能否带来另外一种不同的，或是全新的精神病人疗养方式。

但是不管怎样，任大姐得到了很好的安置，再经过一段时间的治疗，等到病情稳定后就可以回到家中与家人生活在一起，如今已是人父的小罗和妻子小燕定会把任大姐照顾得好好的，这样想想也是一个很好的结局。

15 人生跌宕的阿明

鼎力为仁社会工作服务中心　海潮

（一）流浪露宿的阿明

第一次见到阿明是一次服务外展。那时是九月初，我在珠河新城看到一个显然是露宿人员的男人坐在花基上。他头上戴着黑色鸭舌帽，但已经掩盖不住许久未理过的乱蓬蓬的头发，穿着厚厚的破旧外套和长裤。细看那长裤，已经和短裤没什么区别了，膝盖以下剖开了一条长长的口子，只剩下裤脚还有一截与上面连接着。他的双耳塞着已经坏了的耳塞，用铁丝绑过的眼镜下是毫无生气的双眼，正在呆滞地向前方望着。他就这样静静地坐着，对已经站在他身边主动和他说话的我，显得无动于衷。

我站在那儿观察着，发现他有时会轻声呢喃什么。凑近听，才听出他说的都是些化学元素名称，嘴里偶尔也会蹦出"摩尔""欧洲"等词汇，但语言完全没有逻辑性。

我向周围店铺了解阿明的情况，得知阿明在附近露宿已经将近三个月了，日常几乎就是坐在同一个地方发呆，主要依靠路人送一些食物来填饱肚子。

（二）名牌大学毕业的阿明

几天之后，我带着新的短袖衣服和裤子再次来到阿明常待的地方找他，希望能与他拉近关系，获得一些有用的信息。我远远地看见阿明正坐在花基上打着盹儿，轻轻地叫醒他后，阿明像往常一样，无动于衷。这也是不难理解之事，毕竟建立信任关系要靠长期的接触才行。我把衣服放在他的身边，叮嘱他找个地方换上，还顺便在他身边放了一张联络卡，告诉他："有什么需要帮助的可以随时给我打电话。"

当我再一次去找阿明时，他虽然依旧没有回答我什么，却已经开始接受我这个陌生人的存在。在我自顾自地和阿明"聊天"时，一个经过的路人停下了脚步，得知我是一名社工后告诉我：阿明很可能是他太太的大学同学，最近也有大学的校友定时来探访并给阿明带来食物，但都确定不了阿明的身份。这个消息给我带来了不小的冲击，真不敢相信眼前这个人可能是名牌大学的毕业生。

阿明的事情被报社记者得知并写了一篇报道发表之后，引起了很大的反响，很多阿明的同学和老师得知后都前来看望他，救助队也派来工作人员，大家共同商议解决阿明露宿问题的办法。

我一边尝试通过阿明的大学同学了解阿明的身份信息，一边持续地和阿明接触，终于取得了他的初步信任：他拿出了藏在裤子内袋里的身份证。我按照阿明的身份信息联系到他户籍地的村委会，通过与村委会的工作人员电话沟通，确认阿明的确是南州某知名高校的毕业生，但是阿明的父亲已经去世多年，母亲和弟弟也在几年前已去巴西定居，几乎不回村里，村里已经没有阿明的亲人。该村村委会主任明确表态，会尽快联系阿明的母亲，同时让在南州工作的同乡村民照看一下阿明的生活。

083

15 人生跌宕的阿明

经过几天的等待后再次联系村主任，得知他已经联系到阿明的母亲，她答复会在安排好巴西的事情后，尽快赶回南州接阿明回家。

（三）拒绝进站救助的阿明

确认阿明妈妈会回来接儿子后，悬在大家心里的石头总算落了地。可是，即使每天都有校友来给阿明送食物，他这样露宿也不是办法，而且根据天气预报，两天后还会有超强台风来袭，解决阿明的安置问题不容延误。经过与多个部门和阿明的校友、亲朋共同商议后，我们决定让阿明暂时在救助站安置。通过向救助站领导申请，我们在救助站里为阿明安排了一间单人房，由工作人员负责看护，我和同事定时到救助站跟进，直到阿明妈妈回国把阿明接走为止。

救助站领导对这个解决方案表示支持，但按照救助站的管理规定，求助者随身的财物需要登记并放入专门的储物室进行保管，不能带入站内的住宿区。

可是阿明来到救助站后，不愿意把随身物品和衣服放入储物室进行保管，情绪开始变得不稳定，拒绝进站。为了不再刺激他，大家联系了其他合适的场地，帮助他临时安置，等待他妈妈回国。安置之后，阿明的校友经常去找他聊天，阿明的精神状态变得越来越好，不但愿意交谈，有时甚至还会跟大家一起打打扑克。

（四）送院治疗的阿明

不料，阿明妈妈赶回来后，情况又出现了转变：阿明的情绪变得十分激动，先后三次试图攻击妈妈。被众人控制之后，他的情绪才逐渐缓解。

看到儿子变成这个样子，阿明妈妈十分懊恼，决定带着阿明回老家，短时间内不回巴西。因为家里的房子年久失修，已经不能住人了，她带着阿明住进了他大伯的家中。回乡四五天后的夜里，阿明突然拿镊子刺向大伯，被阻止后，又拿起凳子砸向大伯。阿明的亲属只好当晚就将阿明送到医院检查，经医生诊断，阿明患有精神分裂症，被送到精神病医院接受治疗。

我通过为阿明建立的救助交流群了解阿明的治疗情况，得知经过一个疗程的治疗，阿明的精神和身体状态有明显的好转，体重增加了不少，能迅速认出多年未见的同学。但因为病情延误太久，已导致很多能力衰退。就拿交流和自我认知能力来说，阿明不会主动跟人交流，对自己的情况也缺少认知，不知道自己为什么会住在医院。

好在通过宗亲募捐、同学资助，阿明的医疗费用筹集问题不大。他妈妈还给他购买了保险，为其后续治疗提供保障。阿明的亲属计划在春节之前让阿明出院，回老家居住，希望通过春节的气氛和亲朋好友的交流，帮助阿明恢复沟通交流的能力，逐渐打开阿明那尘封已久的内心。当然，阿明可能终身都要靠服用药物来预防病情的反复。

春节期间，我在微信群上看到阿明向大家拜年的消息，还有一张阿明和家人一起的合照。照片上的阿明，穿了一件红色上衣，显得十分精神。这与之前衣衫褴褛、弓着腰身的他截然不同了。

阿明的家人告诉我们，阿明已经可以自己按时吃药，还能够外出买东西，康复进展良好。阿明的家人十分感谢我们帮助他们找到阿明。他妈妈还说：如果不是你们帮助阿明找到家人，阿明非但不会有机会到医院进行治疗，甚至可能会在某一个角落里死去。现在看到阿明的情况一天天变好，他妈妈心里觉得特别的欣慰和踏实，不用再在夜深人静的时候独自落泪、叹息、担心阿明究竟在哪里？他是不是出事了？

我等待着有那么一天，阿明亲口告诉我，到底什么样的打击或者挫折，让他这位本应一展宏图的名校毕业生，一度沦落为呆坐在花基上的流浪者。我期盼着阿明完全康复的那一天。

16 为流浪精神病人找到
回家的路

鼎力为仁社会工作服务中心 子琼、保华、高帅、雅婷

（一）又一个流浪精神病人回到了家人的怀抱

"谢谢你们，我妈妈现在精神状况好多了。"

"我爸爸在家看护妈妈，你们放心吧，我们一家人会好好照顾妈妈的。"

日前，社工跟踪回访流浪精神障碍患者刘菊返乡后的生活情况，她的女儿表示妈妈在爸爸的悉心照顾下，情况有所好转。五十六岁的流浪精神障碍患者刘菊，在外流浪漂泊近十年后终于回到阔别已久的家庭。从六月中旬开始，救助服务队协调公安、城管、社工等多方力量，对刘菊持续开展三个多月的联合救助服务工作终于告一段落，又一个流浪精神病人回到了家人的怀抱。

（二）行为异常的阿姨：自认为是店员，难以正常沟通

第一次会面的场景令社工难以忘怀，刘菊笃定地告诉我们，自己在车站广场的快餐店打工一年多了，因为老板没有发工资，不得已才在此露宿。社工感到很疑惑，按照刘菊所述的情况找到快餐店经理了解情况。快餐店经理十分无奈地告知，刘菊并非快餐店的员

工，但她最近一段时间总是出现在店里，手脚麻利地收拾餐盘，拦也拦不住，劝说无效，店里还曾报警处理过，警察也对此无可奈何，为此经理也很苦恼，希望我们能够介入解决。

了解到实际情况后，我们再次返回现场，尝试与她继续沟通交流，并将快餐店经理的反馈情况与她确认，她不停地摆手，说道："小姑娘，你们年纪小，不懂行情，我经历的事情比你们多。"当社工派发物资希望为她提供帮助时，她立刻拒绝了，再也不作任何回应。从她混乱的言行表达中，我们意识到她可能是精神障碍患者。

精神障碍患者往往拥有天马行空的想象力，在普通人看来，有时候难以理解。她有自己的精神世界，不断将现实进行"艺术加工"。在她的世界里，她是在快餐店工作的店员，自己的孩子们要么在上班，要么在上学，孩子们都知道自己在快餐店上班，并非在流浪。

因为没有暴力和其他异常行为，救助服务队、社工和志愿者只能密切关注，时常派发生活及防疫物资，多次引导其参与核酸筛查，提醒她加强防护，保障自身健康安全。我们慢慢建立起信任关系，她开始逐渐接受派发的物资，偶尔也会聊上几句家长里短。

（三）多方介入：尝试引导其回到安全区域

有街道工作人员向社工反馈，发现有一名女性露宿在车站隧道里，多次交流无效，劝导其离开未果。该人疑似精神障碍，竟说自己在那里上班。这熟悉的说辞引起社工的关注，通过照片辨认，发现竟是原本在快餐店"打工"的刘菊阿姨。露宿在交通要道，无论是对流浪人员自身，还是对行经该路段的车主，都存在极大的安全隐患。想到此前她固执地坚持打工的模样，社工陷入了深深的迷茫和为难，该如何与她沟通呢？救助服务队得知该情况后，决定联合公安、街道、城管和社工共同介入。

第二天，阴雨绵绵，打湿了地面，沿路行走，隧道口车水马龙，若不细心观察，很难察觉角落里睡着一个人。角落旁边堆放了许多杂物，挡住了身体瘦弱的她。众人穿越疾驰的车流，环顾四周，为其人身安全感到担忧。这么危险简陋的环境，她居然可以安然入睡，眼前的景象若非亲眼所见，很难相信一个人可以这样生活。

她一个人睡在单薄的被子上，众人上前关心，其反应冷淡。社工试探性地询问："阿姨，你冷不冷？在这里做什么？"刘菊阿姨指了指正裹着的被子，摇了摇头示意不冷，答道："我在上班呢。"实际这里除了车流和工作人员，附近没有任何店面及其他人员。

为了引导刘菊阿姨离开隧道口，返回安全的区域，社工、救助队员、公安等尝试各种方法，"阿姨，到点下班了，可以先去休息一下""肚子饿不饿呀，先去吃饭吧"，等等，她都不为所动，急了还大骂工作人员干扰其工作。就着她的思路，社工指指其手上佩戴的手表，了解其还有多久到下班时间，刘菊阿姨回应道："才三点半，我六点下班。"众人只好先行离开，再协商救助办法。

经过几个月的流浪，刘菊的病情似乎愈发严重。第一次见她，她衣着整洁，只是待在一家快餐店，如今却将上班阵地转移到了隧道口。她面容有些憔悴，着装有些凌乱。

（四）不离不弃的亲情：心存恐惧，家人接领未果

女性流浪精神障碍患者是街面流浪乞讨人员救助服务工作中的重点关注对象，发现刘菊后，救助服务队立刻通过各种方式进行信息核查。经公安机关人脸识别确定身份后，多方努力联系上刘菊的妹妹，进而联系上刘菊的丈夫和两个女儿，才知道刘菊因为患有精神分裂疾病，已经在外流浪近十年时间。家人非常担心她的身体，当天就从湖南老家赶到了南州。

令人百思不解的是，家属到来后并没有第一时间着急去刘菊的露宿地探望，而是愁眉不展、不知所措。原来，刘菊在两个女儿出生后，精神状态越来越差。她在老家的精神病院治疗过一段时间，病情反反复复。她生病的时候见到家人就骂，甚至把她妹妹送的东西也扔到垃圾桶里，家人感到很心痛，但也束手无策。她曾经恢复得差不多了，但由于没有定时服药，病情再次复发，流浪漂泊在外，与家人失去联系。

为了证明刘菊的病情，她的丈夫带来她曾经的病例、诊断书。为了唤起妈妈的记忆，大女儿带来了毛茸茸的布偶，这是妈妈曾经最喜欢给她买的玩具。小女儿也细心地准备了崭新的衣物和洗漱用品。但父女三人对于接下来跟刘菊的相聚，仍然感到深深的不安。考虑到家人的担忧，救助服务队负责人立即联系公安干警、城管、街道工作人员一起到场，与家属商议接领工作。

令人欣慰的是，一行人到场交流的时候，刘菊瞬间清醒，并认出了家人。她慢慢地坐起来，略显紧张地搓了搓手，突然手指着丈夫和两个女儿破口大骂，进而将身边的杂物抛向三个人。她坚持自

090

己在"上班"，未到下班时间，不愿跟随家人返乡，甚至谩骂、驱赶工作人员："你们来这儿干什么？我在快餐店工作得好好的，不用你们管……"考虑到隧道里车来车往，担心刘菊受到刺激会有其他过激举动，一行人马上离开她的露宿地。

（五）合力救助的坚持：协调达成共识，护送入院治疗后返乡

没有期待中轰轰烈烈的团聚，没有母女相遇的嘘寒问暖。刘菊的丈夫一筹莫展，两个女儿眼里噙着泪水，默默地抽泣。工作人员及时安抚家属的情绪，并紧锣密鼓地商议下一步的工作计划。

在租车返乡方案的讨论中，家属担心刘菊会在车上反应激烈，造成行车安全隐患，也担心她返乡后不配合送院治疗。诸多顾虑，再加上父女三人均有工作，他们最后决定暂不接刘菊返乡，后续救助工作通过微信群即时沟通。

在充分征询家属意见的情况下，最终在家属返乡两天后由救助服务队、公安机关、街道办事处联合将刘菊护送到定点精神病院诊治。刘菊在定点精神病院治疗近三个月，病情稳定后由救助管理机构护送返乡，并得到家人的妥善照顾。鼎力为仁社工机构也联系了湖南当地的社会组织积极介入，接力开展情绪疏导、情感抚慰和救助帮扶，协助刘菊和家属申请社会救助保障，让刘菊能够回得去、待得住、过得好。

流浪精神障碍患者因病离家出走，在外流浪，他们合法权益的保障既需要政府救助体系的兜底，也需要社会力量的柔性介入，为流浪人员与家人之间搭建起亲情和爱的桥梁。

17　我不是坏人

我是小虎，一名无家可归者。无家可归者之家停留在原来的状态。

我决心挽留阿欢。我要去尝试，要去改变，不让其他人轻视我，也看看我自己的潜力到底有多大。我将这个月定义为"小虎改变月"。

长久以来，我一直处于流浪漂泊的生活状态，跟外界貌似有着联系，但实际上我已经严重脱离正常的生活轨迹。世界发生了什么，国家发生了什么，甚至南州发生了什么，我几乎一无所知。

这么多年，我像个刺猬一样蜷缩在自己的世界里，逃避亲情，远离家人，害怕陌生人离我太近，却又极度渴望得到他人的关怀。

我鼓足勇气，忐忑不安地来到图书馆报刊室，小心翼翼地走路，轻轻地翻阅报纸，重点留意招聘启事。

看报纸的人挺多，我选择一个最里面的角落坐下来。我把招聘信息记在小本子上，一个上午记了有几十条，不知道哪些工作适合，我准备下午打电话联系一下招聘单位。

临近中午，上厕所回来后，我准备继续记录招聘信息，发现本子里多了一张字条和一百块钱。

字条言简意赅："大叔，您身上的男人味道太足了，路口转角处有个洗浴中心，别客气，去吧！"

城市隐者

我环视四周，没人留意我。

要把钱还给谁？

我快速离开图书馆，我想回到无家可归者之家，我觉得无家可归者之家才是最安全的地方。

路口转角，真的有一家"阳光洗浴中心"。我莫名其妙地走了进去，洗浴、搓澡，消费八十元，剩下的二十元吃了一份干炒牛河套餐。

随后的一周，我每天都到图书馆待上一整天，我只去报刊室，还是坐在角落里。对于看报纸，我没有兴致，对于找工作，产生了深深的恐惧。我期待着上次那样的纸条和现金，可是再也没有收到过。

图书馆寻找招聘信息受挫之后，在无家可归者之家附近游荡多天，我终于找到一份还算满意的"工作"。

南州市花蕾外来农民工子弟小学，位于无家可归者之家附近，每天放学的时候有很多孩子一下子涌出校门口。学校大门正对着大马路，没有红绿灯，车辆往往呼啸而过，过斑马线的孩子们险象环生。只有两个年龄较大的阿姨拿着小红旗，在象征性地"指挥"交通，偶尔才有交警、辅警过来指挥。

两位阿姨热情好客，退休多年，已经义务"指挥"交通两年多，马上吸纳我成为"交通员"，发了一顶草帽、一面小旗子、一件黄色的马甲，马甲上的字迹已经完全褪色，隐隐约约看见"志愿者"字样。

我跟两位阿姨讲我是一位资深志愿者，平时做无家可归者帮扶服务。两位阿姨跟我约法三章：周一至周五每天下午四点准时过来，工作时间一个小时左右，没有任何补贴。

我很快进入状态，"指挥"交通得心应手，两位阿姨对我赞不绝口，说我这位资深志愿者就是不一样，遵守时间，工作卖力。

我跟孩子们也慢慢熟悉起来。三年级的小姑娘"点点"，每次都是一个人过到马路对面，然后往家走。她的嘴巴很甜，每次见到我都会远远地叫声"伯伯好"。偶尔，她的家长会开车过来接她。

那天，两位阿姨去参加优秀志愿者表彰活动，只有我一个人指挥交通，手忙脚乱。大部分同学都已经穿过马路，点点一个人远远地走过来，边走边整理她的书包。一台小汽车呼啸而来，刹车的尖叫声和鸣笛的声音交织在一起，估计是刹车失灵了。点点的注意力还是停留在书包上，小汽车离她越来越近，我冲到斑马线中间，抱起点点往路边跑。

高度紧张，气喘吁吁。与时间赛跑，与生命赛跑。或许是紧张，或许是身体状况太差，抱着点点的手臂软绵绵的毫无力气，点点一下子从我的手臂上滑下来。一瞬间，我的脑袋一片空白。好在点点紧紧抓住我的一头长发，我拖着长发在快速地奔跑，点点抓住我的长发像荡秋千一样跟着我一起奔跑。

我们两个人终于安全了。点点的家长送了我一面锦旗：

小虎伯伯：

　　鼎力为仁　和心向善

　　　　点点一家敬赠

晚上拾荒，上午睡觉，下午"指挥"交通。我越来越享受两点一线的生活。

命运在我面前关上一扇门的同时，也为我缓缓打开了一扇窗。我在别人的生活里，能够依稀窥见自己原本可能的生活里的蛛丝马迹，我被这样可能的生活推着往前走，不知疲倦，我甚至强烈地感受到这应该就是我的生活。我生活在我可能的生活里。

我沉浸在这种被需要被赞许的快乐中，似乎忘记了自己是一个病人，很长时间里不再进入"手术取消"的梦境。我很想给王朝马汉、阿欢打个电话，讲一讲我现在的心情和感受。

我真的给王朝马汉打了一个电话，不是给他描绘美好的心情，而是叫他来证明"我不是坏人"。

几天前，在学校门口，点点被其他家长的朋友错误地接上车拉走了，后来又被送回学校。针对这件事情，虽然当时双方家长在学校的协调下冰释前嫌，握手言和。但渐渐地，有其他家长向学校领导反映说这根本不是什么乌龙事件，而是有不法团伙预谋已久，更有家长说应该有团伙成员负责前期踩点，还有家长讲看到有人男扮女装，戴着长长的假头套，骑着三轮车经常来学校踩点。

经过学校的紧急排查，一头长发的我被锁定为目标。一个细雨蒙蒙的下午，我刚刚"上岗"指挥交通，我和我的电动三轮车，就被一起带到学校保安室。

我被不明真相的家长们踢了几脚，学校保安象征性地劝阻着，毫无成效。两位志愿者阿姨虽然奋力拉开其他家长，但眼神里同样充满着愤怒、质疑和失望。

我给学校提供了王朝马汉的手机号码。电话沟通似乎不畅，王朝马汉赶到学校。我不太清楚他怎么证明"我不是坏人"。反正我自己知道：我不是坏人！

几个小时后，我和王朝马汉离开学校。在校门口不远处，两位志愿者阿姨在等着我，把草帽、小旗子、马甲索要回去，什么话都没讲。我证明了"我不是坏人"，但我还是"失业"啦。

我和王朝马汉回到无家可归者之家。这是王朝马汉第一次来无家可归者之家。

点点和她的爸爸也来到无家可归者之家。她爸爸很客气地带来很多方便面，也很客气地把上次送我的锦旗收回去。

"伯伯，你是好人，你不是坏人！"点点送给我一瓶可乐，我愉快地接过来。

"谢谢点点，知道伯伯不是坏人。"

点点还送给我一张漫画，标题是《我不是坏人》：人流中，车流中，奔跑中的我和点点，我长发飘飘，点点荡秋千一样地紧紧抓住我的长发。

王朝马汉对无家可归者之家的其他物件没有兴趣，他只反复研究着沙盘上的道具。他说他多年前学习过沙盘游戏、沙盘治疗。

我把无家可归者之家的物品一件件展示给他，讲述着物品背后的故事，他有些不耐烦地问我："你什么时候回去？"

"我不想回去。"

"不回去？你这样的身体不想回去？你知不知道你妹妹多挂念你？你怎么这么自私，你为什么不能替别人考虑一下！"

他的声音很大，他还不知道我的耳聋已经好了。

"你不用那么大声，我的耳聋已经好了。"

他的声音更大了："我为什么不能大声一点？你知不知道，我今天还有很多事情要做，因为你，耽误了半天，我们不是只为你一个人服务的，你清不清楚？"

我第一次见他发这么大的火，我沉默着。他的愤怒还在升级："你一直以来只知道享受别人的关心、照顾和爱护，可谁又来关心我、关心我们社工？"他把几件沙盘道具重重地摔在地上。

"是不是我回家，才是关心你、关心你们？你的工作才会有很好的成效，是不是？"

"你回不回家不关我们什么事情，你自己看着办吧，你知不知道你在外边有个意外将是什么结局？"

"什么结局？"

"如果你出现意外，查不到你的身份信息，你的照片将被刊登在殡仪馆的公告栏里，三个月无人认领……"

我一下子把沙盘整个掀翻，白白的沙子掩埋住了他的双脚。

18　见证生命绽放的感动

鼎力为仁社会工作服务中心　路茜

我身边有一群志同道合的社工，我们每天穿梭在大街小巷的角落里，跟不同的无家可归者打交道。可想而知，处在社会最边缘角落中的无家可归者们，有着太多不可预估的背后的故事。作为社工介入流浪乞讨人员救助项目，我们一直秉承尊重、理解、平等的原则，使社工介入工作成为沟通和调节人际关系以及协调个人与社会关系的桥梁。

（一）陪伴流浪孕妇逛花园

我清楚地记得，2016年9月2日的上午九点多，外面下着毛毛小雨。当时周末休息，我还没起床，这时电话突然响起："阿蔡，前站街报料，在华西路附近发现一个怀孕八九个月的流浪孕妇，赶紧过去了解一下情况。"机构负责人王朝马汉说完后随即发来一个定位。我挂断电话后，立刻披上衣服赶往报料点现场。

当我赶到第一现场时，发现报料中的孕妇一言不发地蹲坐在地上，正用剪刀剪拾荒得来的行李箱。而她的周围，此时已围起一群街坊，大家七嘴八舌地尝试跟她沟通，而她却全然不顾，闭口不答。

我随即在现场收集有关该孕妇的情况。附近的环卫工人说：年前，这个女人跟随一个男人在立交桥下以露宿拾荒为生。不料，她的男人却在今年六月份突然消失，致使怀孕的女人生活无依。

这时，一个四十岁开外的男性流浪人员告诉大家：他跟该孕妇的男人有些交集，但大家平常也只是喝喝小酒，不打听对方的情况，只知道她男人小名叫小伍。该孕妇平常都不大说话，行为有点怪异。自从她男人消失后，该孕妇的饮食都是靠附近的街坊接济勉强维持。接着，他又透露说："孕妇的男人平常有小偷小摸的习惯，他突然消失可能是因为偷窃事件被抓。"

眼看着该孕妇临盆在即，现场的居委会工作人员告诉我，他们昨天已拨打110求助。公安、120医生、社区医生、救助队、街道居委均到场劝说，但无果。该孕妇不愿沟通，怕人，躲进厕所。后经社区医生检测其胎儿心音正常，并确认该孕妇离预产期不远。最后，居委会工作人员让我尝试劝导该孕妇。

当时，看到太多的人围绕着该孕妇，观察到她身边没有行李，衣着较单薄，体态接近临盆的样子，我就马上致电其他同事，请求他们备齐衣物、食品过来支援。

半小时后，我的其他两位同事到达现场。简单的现场情况介绍后，大家一起商议介入行动。

在围观过程中，该孕妇脸上显得很不耐烦，她突然利索地起身离开人群，往公园方向走去。我们保持距离相随。这样，停停歇歇徒步走了近四个小时，她就是拒绝沟通。

最后，她累了，在路边椅子上坐下。我们趁机用眼神试探能不能在她旁边也坐下，见她没有异议，就从带来的物品中找出水来递给她。她毫不犹豫地拿起来喝光，还用眼睛看着我们的储物袋。

我小心翼翼地问道："给你冲个泡面吃，行不行？"她欣然点头应允。趁着她吃东西的时候，我们将带来的衣物和日用品送给她，以此缓和其戒备心理。

"你不开心，好像也不太爱说话，是吗？"我试探着询问。

"我有心理压力。"她说完再次闭口不言，用手指向自己头顶的伤疤，示意头部曾被玻璃瓶砸伤，但拒绝透露个人及家庭的任何信息。当我们劝说其安排孕检B超时，她突然相当抗拒："我自己会生，不用人管。"

初相识沟通效果甚微，为了不引起她的反感，我们留下物品，选择暂时撤离。

接着，我们找到附近的居委会，与对方商议一起共同关注该孕妇的情况。居委会回应：在近期会承担起她的日常饮食问题，希望我们社工也能在行动上介入进来，使她能够得到妥善安置。

（二）助产，见证母女平安

9月7日上午十点左右，我再次接到电话。得知该孕妇即将生产的消息后，我及时通过电话告知邻近的项目组社工前往协助。

到现场后，在街坊和街道办工作人员的共同协助下，该孕妇被120医护车送往就近的医院妇产科待产。

两小时后，接产医护人员突然出来，请求场外熟悉孕妇的人员紧急入内助产，并反映该孕妇出现过激抗拒行为，其腹中胎儿情况相当危急。

此时，其他护送人员都出去吃午饭了，只剩下我在外守候。

我心里咯噔一下，这可是人命关天的事情。

"她已拔掉吊针，并用脚踹走接生护士，想挺着大肚子走人了。"护士再次强调。

"我跟她接触过几次，她能听我的吗？"我脱口而出。

"孕妇已开始宫缩了，先进去再说吧。"护士说完，把我拉进产房。

进入产房后，该孕妇正挣扎着想从产床下地，而她的裤子上已然有血在不断渗出。面对着她惊恐的表情，我稳住自己的情绪。

"你还认得我吧，前几天我见过你，是吧？"我跟她对视，边说边慢慢往前靠。我指了指她裤子上的血："看，小孩快出生了，这些医生和护士都是来帮助你的，不用害怕。"

见她盯着我不出声，我大胆地走到了她跟前，用手轻轻地拉住她左手。

我不断安慰她："没事的，我陪你，不要紧张。"

此刻，她表情渐渐缓和。转瞬间，她突然出现剧痛，豆大的汗滴从她额头上流下。

接产医生喊话："快生了，赶紧准备。"

我左手握住她左手，右手按在她左肩膀上示意其躺下，并用眼神和语言极力安抚她的情绪，告诉她要积极配合医生，否则会有危险。一番劝解后，她渐渐冷静下来，并主动配合医生。

不一会儿，婴儿顺利出生。但大家发现，刚出生的婴儿没有哭声，也没其他动静。接下来，产房一片可怕的寂静，我吓呆了。

她挣扎着起来看自己的孩子，并用右脚轻踢了一下婴儿的小腿。

101

婴儿没动。这时，接产医生及时阻止了这一行为，嘱咐我继续稳住她，以便她们及时抢救该婴儿。

她用无助的眼神看着我，不安的情绪写满整张脸。

"先让医生抢救你的孩子，你躺着别动。现在手术刀还在体外，你身体上的切口还没缝上，很危险。"我再次抓紧她的手，极力安抚，让她保持冷静，等待。

十多分钟后，经过接产医护人员的及时抢救，婴儿"哇"地一声哭了出来。

"是个女娃，五斤六两重。"接产医生护理好婴儿后，向大家通报喜讯，并把女婴抱到她面前。

她回过神来，泪如泉涌，颤抖着双唇说："谢谢你们。"

这一刻，大家悬着的心终于放下来，母女平安。

（三）入站、入院，妥善安置

而此时，产房外，项目组的其他同事，也在积极联系多方资源，帮助该产妇争取更多社会层面的支持。通过上报、沟通、联动，最后大家达成一致共识：街道办、居委会、派出所、救助队、救助站与社工机构一起商议接下来的一系列安置事宜。

次日，社工机构联合街道办、居委会，带着备好的产后日用品和营养品，前去探望该产妇。社工和医护人员轮番上阵，与她讨论产后恢复的注意事项和婴儿出院后的免疫针的注射情况，让她清楚离院后的生活状况和困境，劝解其入站接受救助安置。经过不懈的努力，她终于同意去救助站。

随后，社工和街道办、居委会一起护送母女俩前往救助站。站内的医护人员及时对产妇和女婴进行身体健康检查，安排120救护车和专业医生、护士到站，接送母女俩入住救助站定点医院，并寻亲成功，母女俩得到妥善安置。

在不为人知的遭遇背后，流浪孕妇经历了极大的精神折磨和内心斗争的洗礼，但最终在那种痛苦和生死抉择的边缘，内在的母性潜意识唤醒了她，把一个新生命安全地带到了世界上。

我有幸完成了协助流浪孕妇生产的经历，让我能勇敢面对这个挑战且不留遗憾。我从中感受到生命的珍贵与神奇。社工以尊重、平等的姿态去面对自己的服务对象，过程中所付出的真心与行动，让自己找到了社工的价值，更感受到了服务对象对自己的信任。

这份信任带给我的感动和快乐，足以让我久久珍藏。

19 奇奇的不奇之处

鼎力为仁社会工作服务中心　娟娟

（一）

五月底的南州，炎炎夏日的气质已经展露无遗。炙热的沥青马路上，奇奇已经不知是第几次拒绝我们的帮助，而后穿过车流躲避我们了。

我们与奇奇的相遇源于一个街坊的求助。街坊拨打我们社工项目组的服务热线，表示近期几乎每天都会看到一位年轻女子挺着大肚子在附近徘徊，不分白天还是黑夜。她行为怪异，不排除疑似精神病人和怀有身孕。

我们赶到现场，找遍各个商铺和小巷，终于在一个便利店门口找到了奇奇。奇奇给人的第一印象是：精神肯定不正常！她看起来二十多岁，但穿着太破烂，不符合这个年纪的爱美心理；她五官清秀，但头发稀稀落落，前额上方、鬓角和两耳上方的头发几乎被她自己拔光，活脱脱变成一个古代男子的发型；她时而自言自语，时而傻笑，时而躺在路边……

我们问奇奇需不需要帮助，她拒绝了。我们问奇奇家人在哪里，她说没有家人。我们问奇奇饿不饿，她说关你们什么事。我们问奇奇你的肚子为什么这么大，她说是天生的。我们再问，她就跑了。

城市隐者

奇奇那一句"是天生的"让我们久久不能释怀。什么时候"肚子一天天变大"是天生的了？为什么她对"怀孕"没有一丁点的意识？这使得我们更加下定决心要和奇奇深入交流。

（二）

由于担心追得太紧，可能会导致奇奇发生摔倒、被撞和精神紧张等意外，我们便改变了策略：向附近的商铺老板和环卫工打听奇奇的信息。多名阿姨一致表示，奇奇已经在此流浪几个月，刚来的时候比较正常，还带有一个行李箱，现在却什么都没有了。

每天晚上，奇奇就睡在全天开放的ATM取款机隔间内，偶尔会在深夜大声喊叫，没有任何人来找过她。奇奇一般天未亮就已经起来，到处走，饿了只找路过的外国人要钱吃饭。奇奇还有自己喜欢的快餐店，因为这家店的老板很可怜她，经常让她用几块钱就吃到十几块钱的饭菜。

我们立即将奇奇的情况通报给所在辖区的街道办事处、流动救助服务队和救助站，寻求政府救助力量紧急介入。同时，我们也通过各种各样的方法与奇奇拉近关系，希望从她的口中获取其家人的信息，但是奇奇每次都只回答三个以内的问题，而且回答得非常简短。再多问，她就跑了。

由于从奇奇口中获取的信息有限，我们就让附近一个和奇奇比较熟悉的阿姨帮忙找奇奇了解情况。阿姨很认真也很尽责，在晚上安静的时候去奇奇睡觉的地方请奇奇吃东西，问她的家庭信息。我们将了解到的信息进行拼凑，得到了两个地址，都是附近的城市。通过进一步核实，奇奇的家确定是在附近的城市，只是姓名有些出入。

（三）

经过一段时间的持续跟进，在救助站的协调下，我们决定由社工、街道办事处、辖区派出所、流动救助服务队联合护送奇奇去定点精神病院诊治。因为担心她会抗拒，我们做通了她熟悉的一位街坊大姐的思想工作，由这位街坊大姐一起陪同前往。

因为一段时间的连续跟进，奇奇对去精神病院没有抗拒。但因为奇奇疑似怀孕，需要先到医院做一下常规检查。我们带着奇奇到了一家三甲医院做了检查，结果显示奇奇已怀孕三十三周，且羊水过少，随时有可能生产。我们再次询问她的肚子是怎么回事，有没有可能是已经怀有一个宝宝了。奇奇依然坚称，自己天生就是这样的。

我们赶紧护送奇奇到精神病院，先让奇奇在那里接受诊治，然后再寻找她的家人。

在护送路上，我们担心奇奇的情绪出现波动，一路上不停地和她交谈，分享读书时的趣事，终于从奇奇的口中了解到不少新的信息：奇奇的真名、老家地址，以及哥哥、爷爷、堂姐的名字和住处。奇奇小时候一直和爷爷生活，和爷爷比较亲近。她在老家读了小学、中学，因为英语成绩很好，才会用英语向外国人讨钱吃饭。家里人说的都是家乡方言，她自己也会说，但离开老家后就不再说了。可是，当我们再次问起她的爸爸妈妈时，她依旧闭口不谈。

我们几乎半哄半骗地把奇奇带到精神病院，安抚她耐心接受医生的检查，直到专业医生完全接手后我们才离开。后来，通过各方努力，终于联系上她的家人，家人认领和接走了奇奇。

奇奇直到接近待产状态都认为自己的肚子"是天生的"，这确实够"奇奇"的了！其实，这"奇"中也有不奇之处，因为流浪精神病人是特殊的群体，这个特殊的群体往往处于无意识的流浪状态，会带来各种各样的安全隐患，需要更多的部门和爱心人士伸出援助之手，为他们找到回家的路。

20 往事不堪回首

我是小虎，一名无家可归者。跟王朝马汉争吵后我很后悔，我不知道怎么去道歉。我也觉得没有必要去道歉。

身体有些不适，我离开无家可归者之家，独自去医院看病，想开点药。

在医院门口，很多人围在一个乞讨家庭周围，一位妈妈在声泪俱下地诉说着，四个孩子在身边，其中两个男孩坐在轮椅上，另外两个女孩在简易的折叠床上睡觉。

旁边立着大大的易拉宝：我叫赖敏，我的四个孩子中三个有病。大儿子因病导致脑瘫；小儿子患有癫痫，独立行走困难；二女儿患有脂肪瘤、手术未愈；丈夫早逝，无力抚养，恳求好心人施舍……

地址是我老家的地址。赖敏？好像是我初中同学的名字吧？

我在医院门口徘徊，一直站到晚上八点多。

人渐渐少了，我走过去仔细地看着易拉宝上的内容、身份证复印件和病例。没错，是我的初中同学。

我尝试着用家乡话问她："大姐，你是桥头镇人？那里有个桥头中学吧？"

"是啊，你也是桥头镇人！"正在收拾东西的赖敏，兴奋地站起来。

"不是，我是隔壁镇的，我很多年前去过一次桥头镇。"

城市隐者

"大哥，那咱们还是老乡呢！怎么称呼你？"

"长毛，叫我长毛就行。"

"长毛？你的头发是够长的。你在南州做什么啊？"

"我在附近上班，来医院看望住院的朋友。你们五个人平时晚上住哪里？"

"晚上就住在医院大厅，如果保安管，就住在门口，凑合一下。"

"除了在老家，一年里在南州待多长时间？"

"平时在离家不远的县城医院门口要钱，只有暑期才来南州一个多月时间，南州人热心肠，舍得给钱。平时在老家，命苦，没办法……"

我扫了她喷画上的微信二维码，犹豫一下，捐助八十元。

她说谢谢大哥。我说我还要去一下医院住院部，看看朋友。

我走进医院大厅，在靠窗边的地方坐下来，一直愣愣地看着赖敏和四个孩子。

确认无疑！赖敏，我的初中同学。我的初恋。

那时候的她，留着长长的辫子，有着甜甜的笑容，学习优异。而现在的她，面容憔悴，头发凌乱，目光呆滞，哭起来呜咽无声。二十多年的时光里，她究竟经历了什么？

夜幕沉沉。她在给轮椅上的两个孩子喂饭、喝水，两个睡觉的女孩也起来，开始吃饭。偶尔，街面上有汽车疾驰而过。昏黄的灯光之下，一家人围坐在一起的背影，扎眼，又扎心。

十六岁的往事。十六岁的雨季。

十六岁那年的夏天，经过初中二年的努力，我和赖敏同时接到了县城重点高中录取通知书。

我和赖敏同桌三年，开学前一天，十几名同学相约去隔壁镇上的公园郊游。我们两个人一辆自行车，途中自行车出了故障，我们两个人只能推着自行车，走去公园。

路途有点远，我们在树荫里的草坪上歇息。微风习习，我们肩并肩坐在一起。

"上了高中有什么打算？"我问她。

"好好学，上大学。"

"还能同桌吗？"我满眼期待地望着她。

"应该不会了吧？你是几班？"

"六班。"

"我也是六班。我有点累了，不去公园了吧？"

"可以，你休息一下吧，我给你找几张报纸去。"

"不用，躺在草坪上就行。"她躺在草坪上，静静地小憩。

阳光从树枝间投下斑驳的印记，微风习习，天空一片湛蓝。我已经暗恋她很久，但不敢开口去讲；我感觉她应该对我也有好感，只是不知道怎么去表达。

夕阳西下，我静静地望着远方，什么也不去想，体会着此时的喜悦、空旷乃至些许的迷茫。我确信，这就是初恋的感觉。我决定，她醒来的时候我要告诉她我的感觉。

困了，我缓缓地躺在草坪上，闭目养神，一下子睡着了。

醒来的时候，我竟然躺在医院里。赖敏说我昏迷不醒，被她叫人送进了医院。我的父母也赶过来。

医生诊断我是先天性心脏病。我的大脑一片空白，我的生活一片茫然。我在医院躺了一周，每天吃药、打吊针，出院后，依然感觉心慌气短，只好在家休息。

周末的时候，赖敏从高中回来，到我家看我，说我真的跟她还是同桌。她转达了老师的问候，并问我什么时候去学校。我感觉浑身无力，几个月就在这样的状态之下过去了，一个学期就这样过去了。然后，我便开始了四处漂泊。

高三下学期的时候，我去学校看望过赖敏一次。我把送给她的运动鞋放到了学校门卫室，跟门卫室大叔说我是她表哥，打工比较忙，就不进去了，最好叫其他同学带给她吧。

门卫大叔说怎么带？我说，一会儿叫人通知她自己来拿。

我远远地躲在大门围墙角落里。中午的时候，她终于出现在门卫室。远远地看不太清楚，她的个子高了，留着比较精神的短发。她往回走时，边打开鞋子，边回头找着什么。我背过身，装作路过的样子急急地走开。自此，便失去了所有消息。我以为，她应该学业有成，家庭幸福。

早晨七点多钟的时候，我从急诊室的椅子上醒过来。我走到门口，看到赖敏一家人已经出来了，两个大一点的女儿还是躺在椅子上睡觉，而赖敏在摆放各种东西。我到附近的早餐店买了早餐送过去。她很惊讶我还在，我说我昨天晚上在陪护住院的朋友，没有回去，这几天我都会在。我们像老朋友一样聊着天。

"孩子有没有上学？"

"大女儿初一，二女儿五年级。"

"要不要交借读费？"

"不用，看我们太可怜，学校给免了。教学质量好的重点学校一开始不收，后来我骑着三轮车拉上孩子，天天堵在校门口，就收了。"

"你老公，怎么就……没了？"

"高空摔下来，没治好……"

"你一个人，扛不住这样一个家庭啊！"

"哪里有男的找呀，一看到四个孩子早吓跑了，上次有人介绍了一个男的，带着三个男孩子，你说两个大人带着七个孩子怎么活？"

"家里的兄弟姐妹能不能帮一下？"

"都在勉强生活，哪能帮得过来。"

"将来有什么打算呀？"

"等大女儿初中毕业就好啦，读个中专学校，或者出去打份工，就可以帮一下我。"

"两个大一点的女孩，怎么每次都是在睡觉？"

"估计是不好意思跟着我乞讨，每天晚上迟迟不睡觉，白天补觉。"

我发现她说话的语调跟十六岁的时候基本一样，不卑不亢，不急不慢，难以想象她是怎么扛过来的。母爱？亲情？还是对命运不愿低头不愿服输的抗争？我很难判断，除了通过乞讨维持经济来源，她还能有哪些更好的方式去生活。我一直觉得我的命运坎坷，但现在跟她相比，我内心的悲凉不值一提。我感觉我的身体状态一下子轻松了许多。

初恋是每一个人都无法回避、难以忘怀的往事。尤其是无疾而终的恋情，即使若干年以后，你以为你完完全全忘记了，但偶然的一刹那，因为某种境遇或者触动，往事依然历历在目。我们所怀念的已经不是初恋里的那一个人，而是曾经一起走过的日子。

怎么去帮助赖敏一家人呢？

我躲到医院的厕所里，联系刮汗哥，准备跟着他"乞讨致富"。刮汗哥毫不犹豫地拒绝了我，说已经有了更合适的搭档，而且警告我这样的身体状况没必要再折腾了。我反复恳求，他就是铁了心不同意。

"你是不是把锤子叫过去了？"

"没有。"

"真的？"

"真的。"

我马上赶去东站，没有找到锤子。其他人告诉我，锤子已经有一段时间不在东站了。我再次联系刮汗哥，他不回复任何信息；打锤子电话，关机。

我曾经有多么鄙视刮汗哥的"乞讨致富"，现在就有多么渴望加入他的"团队"。

113

21 城市有爱，与无家可归者为友

羊城花园志愿服务队　海碧、静静

羊城花园志愿服务队成立于2014年12月，现有志愿者百余人，作为一支社区志愿服务队，我们一直致力于服务社区，温暖邻里，探访独居空巢老人，协助社区居委做好创建文明示范社区的宣传、推动工作。从2017年7月开始，羊城花园志愿服务队开始走出社区，积极参加流浪人员街面救助服务工作，把志愿服务精神、志愿团队的爱和温暖从小社区延伸到大社会，关怀街头的流浪者。

（一）驻点一年，共同成长

2017年7月1日，鼎力为仁社工机构在南州六个区、十个驻点，全城启动"社工+志愿者"关怀流浪人员驻点服务项目。经过培训，羊城花园志愿服务队派出七名骨干参加驻点服务，此后还不断有志愿者加入驻点服务中。到2018年7月，驻点服务一年，驻点志愿者已发展到近四十名，驻点区域覆盖了南州中心城区多个重点区域。

一年来，驻点志愿者们不辞劳累，如去东站驻点，路上需近一小时车程；如果遇到上下班高峰，挤上公交都困难，上车后人多拥挤，很多时候就只能一路站到东站。驻点志愿者们为避开上班高峰期，一般早上六点多就从家里出发了，不到八点就到了东站。

城市隐者

志愿者们付出了辛劳和汗水，也得到了锻炼和成长。驻点志愿者瑞姐说："记得去年7月5日，我和春利一起在东站第一次驻点，在东站二楼平台上，流浪人员有躺的、坐的、喝酒的，我们跟在社工后面，远远地拍照，有点紧张、害怕，不敢靠近。"经过一年的驻点，现在志愿者们已经有了丰富的与流浪者沟通的经验。

（二）从抗拒到沟通

驻点一年来，也发生了很多感人的故事。2017年7月的一天，驻点第一个月，骄阳似火，我和芬姐在电脑城两边的马路上巡查，当时社工嘉怡打电话说在一个路口发现一名乞讨者，需要支援。我和芬姐及时赶到那里，只见一个面部因烧伤而严重毁容的乞讨者坐在路边的水泥坎上，面前放着乞讨盒，来来往往的行人不断往他乞讨盒子里投钱。看到我们到来，他投来抗拒的目光；我们走近他，蹲下来同他说话，他不搭理。我们不放弃，继续耐心询问，问他：这么热的天晒不晒？吃过午饭没？想不想喝水，口渴不渴？我们的言语里满是关切，终于，他不再抗拒我们，小声说他有点渴，想喝水。

志愿者芬姐立刻就说给他买水去，一会儿芬姐就自费给他买了大桶矿泉水和大盒炒面，并双手递给他。在芬姐递给他食物的一刹那，我看到了他的感动，他开始聊他的家人、家乡、残疾证及残疾人补贴。由于他面部烧伤严重，口合不拢，说话不停流口水，声音很小，他说的话我们听得不是很清楚。我们极力劝导他回家，要他保重好身体，大热天在街头乞讨暴晒会加重病情，如果他回家有困难可找当地政府解决。在我们的劝说下，他收拾好乞讨工具离开了，消失在人群里，此后在驻点再也没见过他。

（三）两个苹果的故事

这是东浦地铁口驻点服务工作期间发生的故事。从表面上看这两个苹果很普通，但它们在我眼里却非同一般。

2018年1月初，我们在东浦地铁口驻点的工作才刚刚开展，我对第一次看到的天桥下的流浪者印象特别深刻，他裹着棉絮躺在桥墩下瑟瑟发抖。南州的冬天没有北方寒冷，但却很是阴冷、湿冷。我和贞姐走上去，蹲下和他聊起家常，得知他身份证丢了，家里有老妈和弟弟。我们很想帮助他，反复劝导后他同意去救助站。我马上联系救助队，亲自护送他上车。

目送救助队的车载着他远去，想着他不用再露宿街头挨饿受冻，我的心里很是愉悦。一月中旬，他又回到天桥下露宿，当天早上我和贞姐一路巡查到桥底，当看到我和贞姐走近他时，他像一个做错事的孩子一样不敢抬头，冲我们笑笑，收好棉絮后快速离开了。

再一次驻点的时候，我们看到他坐在桥墩下，睡觉的地方收拾得干干净净的。看到我们，他像看到老熟人一样惊喜，主动跟我们聊天。

他拿出了十几元钱给我看，说是打散工攒下来的，我说："你把钱收好，别丢了，这么大冷的天，你也给自己买碗热饭吃。"

他说："我没吃早餐，想吃包子，你们吃不吃？"

我说："不吃，我怎么好意思让你请我们吃东西，你的钱来得多不容易呀，况且，我们真的吃过早餐了。"

我还没说完他就走开了，我和贞姐还以为他开玩笑，根本没把他说的话当真。随后，我和贞姐继续我们的巡查工作。谁知不一会儿，他再次出现在我们面前时，手里却多了个袋子。他从袋子里拿出两个苹果往我手里一塞，转身就跑开了。

不管我怎么叫，他就是不回头，很快消失在人群中。

我手里捧着两个苹果站在街头，四面的冷风吹打着我，可我的心里竟升起丝丝暖意，捧着苹果的手心也出汗了，这就是两个苹果的故事。俗话说人心换人心，四两换半斤，我们付出的真心得到了回应，让我的内心非常震撼。

（四）仙桃的故事

2017年8月，东站二楼平台来了一位阿姨，驻点志愿者在群里讨论这个阿姨，说她自称是来拯救世界的，整天神神叨叨地自言自语。10月3日，国庆假期的第三天，我与袁社工一起到二楼平台找这位阿姨聊天，她见我和袁社工过来，满脸笑容，拿了一块木板让我们坐。袁社工告诉我这位老人说自己名叫王美丽，是湖南人，而我听她口音不太像湖南口音，她精神似乎有点问题，在东站露宿几个月了。她告诉我们是爷爷要她离家出走，爷爷每天和她说话，她是舍小家为大家……

她说她有四个儿女，最小的孙子都十多岁了。我说："明天八月十五了，是全家团聚的日子，你老人家一个人在外孤零零的，少吃少穿没地方住，家里儿女们会非常想念你的。"她说："那是肯定的。"可当我们问她家的联系方式时，她很敏感，回答不记得了。我们说给家里打个电话吧，她说不想打，怕家里人烦，家里人会烦她离家出走，会烦她要家人接她回去。她说她一个人现在心里很清静，大脑里时时都有爷爷陪伴。

在我们聊天的时候，有两个年轻的流浪者在旁边嬉戏打架。她满脸笑意地喊道："小宇、小军别打架了，摔倒在地上地面很烫的。"声音里充满了慈爱和关切，她还要把我给她的两个月饼给两个年轻流浪者，这分明就是邻家慈祥的老人啊。

10月5日，我和袁社工又去了二楼平台找她，我带给她两件T恤。当时她一个人躺在二楼平台的阴凉处，口中念念有词，我们的到来打断了她的自言自语。她起身，向我们微笑，说自己刚才跟爷爷在说话，听爷爷给她教诲。我说看到她越来越瘦，非常心痛。她说她不饿。

10月12日，我和志愿者芬姐驻点东站，再来二楼平台找她聊天，几天不见，感觉她又瘦了，精神也没以前好。她依然聊她的爷爷、她的拯救世界计划。我极力引导她聊她的家人、家乡。这次我又给她带来水果，以减少我们之间的距离，并以同龄人的身份聊我们这个年龄段的人生快乐和烦恼。她这次很明显对我们没有了戒备心，说她1954年出生、真实姓名叫仙桃、家在山西。我们聊得很愉快，她说她爱吃馒头，芬姐答应下次驻点给她带一大袋馒头。我回家后，把她的真实情况汇报给项目组社工。最后，在各方帮助下，仙桃顺利返乡。

（五）小勇的故事

小勇在南州流浪、乞讨十多年了，社工和驻点志愿者都熟悉和了解他，也经常陪他聊天，劝导他弃讨返乡。从2017年7月开始，其他流浪者都陆续返乡不在东站流浪了，唯有他还在坚守，但他在我们驻点时从不乞讨。也许是接触这个残疾流浪者时间比较久，我对他有着深深的关切和挂念。每次驻点如果没看到他，我都会到他睡觉的地方去找他，问他这几天吃东西了没，吃了什么，还想吃点什么。他经常会回答吃了公益组织派的饭，有时实在没吃的，他也会说："海碧姐，帮我买包方便面吧。"他很少主动问我们要吃的。天冷了我会问他冷不冷，要不要衣服。2017年10月，我把家里的两件新T恤给了他，他像小孩子一样高兴。

2017年11月的一天，天很冷，我和志愿者芬姐穿着棉袄驻点东站，不见他，这时另一个流浪小伙子走向我说他快冻死了，我问谁呀，他说小勇。我们一起走到小勇睡觉的地方，只见他缩在睡袋里，我喊他，他露出头咧嘴朝我们笑，说好冷，睡袋暖和点。我问他吃过没，他摇头，我马上就给他买了四个热包子，让他吃了暖和暖和。下午，我把家里儿子不穿的棉袄拿出来，让下午的驻点志愿者带给他，并及时向项目组社工反映他的情况，社工及时帮助了他。

每次驻点，他只要一见我们，就主动走近我们，有时像小孩子一样跟在我们后面，有时出现在这边柱子前，有时出现在那边柱子前，朝我们咧嘴笑，跟我们捉迷藏。他反复告诉我和芬姐，说他农历6月13日生日，要我们给他过生日。我们也不停地劝他结束这种流浪的日子回家，回家了总比这种饱一顿饥一顿的流浪日子好。

2018年5月15日，志愿者芬姐驻点东站。小勇那天穿得很干净，他主动找到芬姐，说他要离开东站回老家了，感谢志愿者们一

119

21 城市有爱，与无家可归者为友

直对他的帮助。他通过芬姐的手机给我发来语音："海碧姐，我要走了……"我对他说很为他高兴，希望他在家乡好好生活，今后一定要少喝酒。一个流浪者终于能回归正常生活，我们由衷地感到高兴。

（六）帮助他人，温暖自己

六月的南州，骄阳似火。

我和莲姐驻点东站，六号门前的地上躺着一个年轻人，脸和衣服都脏兮兮的，穿着布鞋，脚略显浮肿，怀里抱着塑料袋，虽然在睡觉，嘴角却挂着一丝微笑。根据以往的救助经验，我们初步判断他精神上可能有些问题。我们将这个情况汇报给项目组社工，社工到场了解情况后跟救助队联系，由救助队协调属地派出所，护送他到精神病院诊治。

我相信他在日后的治疗中一定会康复，成为对社会有用的人。我们的工作虽然普通，但是普通的工作做好了就能帮助人走出困境，走出逆境，走出困扰，走出迷茫。我们的驻点工作还有许多人不认可，在工作中被谩骂、嘲笑，甚至追打，我们将继续坚持与坚守。

六月的南州骄阳似火，六月的南州爱满人间。

（七）家人支持，无怨无悔

从2017年7月到2018年7月，驻点一年来，志愿者们收获了不少感悟，也有很多感动，更得到了家人的支持，许多驻点志愿者的老公经常陪伴志愿者姐妹一起驻点。

志愿者参加关怀流浪人员驻点服务，是作为一支柔性的力量参与进来，与政府的救助力量形成互补。志愿者需要尊重流浪者，在接近需要帮助的流浪者时，首先要蹲下身来，目光柔和，态度亲切，流浪者才更容易接受志愿者的关怀；也要抱着同理心，多倾听、理解他们，不管他们说的是真是假，听得多了就可去伪存真；要正确引导流浪者的需求，以亲人关怀关心的角度去引导，也要拒绝不合理的要求。

相信水滴石穿的力量。在流浪救助过程中，不可能一蹴而就，有反复有曲折，需要一次又一次的耐心沟通，日积月累。随着流浪救助体系的逐步完善以及各种帮扶力量的叠加，相信流浪者最终一定会走出困境。

22 "乞讨致富"初体验

　　我是小虎，一名无家可归者。我继续给刮汗哥打电话，他不接。我不停地给他发信息：我错了，我不装了，我全部听你的，我遇到了困难，我求你了。

　　刮汗哥被感动了。我们两个人成为乞讨"搭档"。

　　我们两人坐车来到距离南州市中心城区二十多公里的一处景区，选择距离景区几公里远的比较隐蔽的宾馆住下。我们的乞讨地点以景区为中心，包括景区附近停车场、寺庙大门，还有景区里面的一处凉亭。

　　刮汗哥很熟练地安排准备工作：联系货拉拉面包车早晚接送我们；过塑我的病例、X光诊断书、身份证复印件和他的微信二维码；一台摇摇欲坠的轮椅，成为我的新道具。

　　我的遭遇被打印在一张四四方方的喷画上：

　　　　　　一个无家可归者的自白

　　十六岁时身患先天性心脏病，家贫无力医治，四处流浪漂泊，无家可归，无依无靠。病例真实可靠，可电话联系主治医生问询。

　　我眷恋的不是生活本身，而是生命里人与人相遇时的温暖与感动。

　　第一天"上岗"乞讨，我忐忑不安。因为刮汗哥嫌弃，我把小狗"红"留在了宾馆，委托服务员帮助照顾一下。

我们六点多起床，吃过早餐，坐车到达景区旁边的寺庙，在停车场里先睡觉。我坐在轮椅上睡，刮汗哥躺在一张大棉被上睡。

八点钟左右，陆陆续续有人来寺庙。我把轮椅放在旁边，躺在棉被上，头上盖一条毛巾，继续睡觉。刮汗哥摊开喷画、病历、微信二维码，一个油漆桶用来装一大把零钱，他跪在地上不停地磕头。遇到有人停下来，他还是不停地磕头，什么也不说。遇到有人问询情况，他装作嗓子难受、说不出话，用手势比画着喷画和病历。

下午，寺庙的香客少了。我们买了两张景区门票，来到一处凉亭。我坐在轮椅上闭目养神，稍稍休息，刮汗哥把其他道具都收起来，只拿着我的病历，向游客诉说着我的不幸。其间，有保安过来，我们收起病历。刮汗哥把保安拉到一边解释着什么。

第一天乞讨"收入"八百六十元。刮汗哥给了我四百三十元，我说我不要这么多，我只拿两百元就行，他不同意，我没再坚持。

一段时间后，这里管得有点严。我俩又转移到周边的医院、商场、地铁站、天桥以及菜市场。我俩形成了"游击战"风格：一管就走，随后再回来。

123

我添置了新的帮手：小狗红，目的在于吸引路人的注意力。适应了一段时间后，遇到施舍的好心人，红甚至可以直立起来，扮成感谢的神态。

收入在不断地上升。有时候，收入超出所有人的想象。

那天在医院门口乞讨，天气阴沉沉的，感觉马上要下大雨。我在大棉被上躺得有点累，跟刮汗哥说："我累了，想上个厕所。"他没好气地说："我磕头更累，不是有矿泉水瓶子嘛，自己解决。"

给钱的人比较少，偏偏医院的几个保安又围过来，叫我们走。我俩有些情绪，就是不走。围观的人多起来，保安也不好强来。

这时候，有个漂亮的姑娘走过来，问保安什么情况，保安说："是乞讨的，看着像是骗子，总是打游击，一赶就走，转身就回来。"

刮汗哥把社工王朝马汉和阿欢带我去看病的病历、诊断书拿起来，递给那位姑娘，说："上面有医院的电话，你打电话问问，是不是骗人的。"

姑娘真的拿出手机，拨了电话，经过反复问询，她告诉保安病历是真的。

她的手机又响起来，我以为是医生提醒她我的病已经没有任何治疗价值。但不是，她兴奋地跟对方大声说："亲爱的，我在医院，医生说我没问题的，应该是之前的医院误诊了。晚上庆祝一下吧！噢，你马上要去考察新项目啊，好的，我自己庆祝吧。"

她把病历还给刮汗哥，用手机扫了一下二维码，把微信付款记录快速地给刮汗哥看了看，兴高采烈地走了。

刮汗哥突然特别听话，收拾起道具，推着我就走。保安跟我们很客气地说"谢谢"，我不明白保安要谢谢我们什么。

在人少的地方，刮汉哥停下来看手机。我说我要先去厕所。他说你去十次厕所都没问题，刚才那个美女转了好多钱。

"多少钱？"

"一万零八百元！"

"她是不是疯了？"

"她没疯，她的病好啦。"

"估计是什么病？"

"可能是不育吧？"

"为什么？"

"年轻漂亮，有钱又大方，跟她老公汇报，她老公还要急着去考察新项目，估计是有钱人的小三。"

"你真不是人！人家给了那么多钱，你还说人家是小三？"

"行，我不是人，我们一起去庆祝一下吧！"

"走！"

第二天酒醒后，我的小狗红不见了。

来不及悲伤。生活还要继续。我添置了新的道具：录音机，里面有好多流行歌曲。每次乞讨的时候，我把录音机的音量调得很大，吸引路人的注意力。

我和刮汗哥辗转南州城区的几个地方，流动乞讨，半个月的时间里，我和刮汗哥每人收入超过两万元。

我第一次拥有这么多的钱，更是第一次体会到先天性心脏病给我个人带来的好处。我买了台苹果手机，重新注册了一个微信账号，微信名字叫"无家可归"，加了赖敏、王朝马汉、阿欢和妹妹为好友。

我给赖敏转账五千元，我告诉她是我身边的老乡捐赠的，她问我最近在忙什么，我说我在南州周边城市负责新项目的开发和拓展，过几天回南州。我给妹妹转账五千元，告诉妹妹我在一家公司当夜班保安，每天只是躺在值班室睡觉就可以领到工资，一点不累。我跟王朝马汉、阿欢讲我已经回老家了，找到一份不累的兼职工作，身体状况还好。

在平平淡淡的生活里，一个人的尊严是最需要坚守的底线。而在纷繁复杂的生存面前，尊严反而会被极其轻易地忽略。

我沉浸在"乞讨致富"的喜悦之中，甚至有着难以名状的感动。我很后悔为什么没有早点开发自己身上的潜能。

我还是有价值的，我完全可以"自力更生"。我知道我的"自力更生"与社工王朝马汉、阿欢所说的自力更生不一样，但在现有的情况之下，我的"自力更生"只能是如此的存在。

城市隐者

23 用心陪伴，传递温暖

暖+公益促进会 桦树、小希

偌大的南州，因它的包容吸引了各种各样的人群在此寻找自己的栖身之处。作为一支从事流浪人员救助的志愿者团队，我们工作中接触的便是这样一个群体——流浪人员，在与他们的接触中，我们了解到多种多样的人生故事，并用心陪伴，让流浪人员感受到更多的温暖。

（一）重启新生的"微笑伯伯"

在接触的人里令我印象最深刻的是李伯。李伯大概五十多岁，每次看见我们到来，都会露出亲切的笑容，并主动帮我们暂时看管车辆，同时热情地向我们介绍附近流浪者的情况。而且，在暂住的地点，李伯积极带头推动爱护环境卫生，我们喜欢亲昵地称呼他为"微笑伯伯"。

127

2017年秋天，暖+公益志愿者为李伯提供了一个就业机会，通过我们两年多对李伯的认识和了解，我们由衷地希望他过上新生活，并重新融入社会，自力更生。当知道这个好消息的时候，李伯表示十分愿意尝试，并详细地向我们咨询了相关事宜。

为了能准时到达面试地点，李伯按照我们先前给的就业信息，提前规划好了路线。因为他没有钱、没有手机、没有导航，为避免迟到，他便提前一天从火车站的露宿点踩着共享单车历经七小时去郊区农庄，并在面试点附近露宿一晚。第二天一早，他才穿上我们给他准备的新衣服，以新的面貌去就业点面试，并且通过自己的努力，成功被录用。

李伯现在的主要工作是晚上在农庄值班，偶尔下午去农庄的"动物园"喂喂小动物，他觉得现在的工作还是比较轻松的，而且农庄也给他提供了包吃包住的工作福利。每次回访，李伯都表示十分感谢我们当初的推荐，让他有机会重返社会，为社会出一份力。现在的他已经和社会正常接轨。

现在，李伯已经在农庄工作四年有余了，用人单位对他赞许有加，而他也常常对我们志愿者说："放心，我会努力工作的，不想给你们添麻烦。"

看到"微笑伯伯"能够开始新的生活，我们都倍感欣慰。而另一位让我们挂心的长者却还未能找回自己的身份。

（二）在故乡流浪的黄伯

2018年，暖+公益开展"暖城关爱活动"，在儿童公园附近认识了一位八十七岁的无家可归者——黄伯。

初相识的黄伯对我们稍有芥蒂，不太愿意与我们交谈。每次我们放下物资后，他总是说声谢谢，便不再多开口。在之后的一段时间，我们每次经过黄伯的位置，除了放下生活物资，还会问候一下，询问他是否有什么需要。慢慢地，黄伯和我们多了些交流。

在交流过程中，我们了解到黄伯原来是南州市本地人。按照黄伯的讲述：七十多年前解放战争刚开始，十多岁的他因为战乱与家人失散了。新中国成立后，黄伯进入了儿童教养所生活了几年，之后被分配到一家工厂做水泥工，生活比较安稳，但好景不长，工厂解散了。由于黄伯与家人失散，加上失业且失去了户籍，无奈之下他只能在外流浪。

我们了解到黄伯因为年纪大，身体状况很不理想，每个月都需要到医院看病，还常年戴着尿袋。黄伯的经济来源主要靠卖废品，但他每月换尿袋就要花去六七十元。得知这一情况后，暖+公益便开始资助黄伯每月更换尿袋的费用，希望尽一些绵薄之力帮助黄伯减轻生活负担。

同时，为了帮黄伯脱离露宿的状态，安享晚年，我们走访了很多疑似黄伯的户籍所在地，但由于年代久远，一直未能完成黄伯找回身份的心愿。

随后，我们也借助了电视台、寻亲网站等平台，希望可以通过这些平台，找到可能认识黄伯或黄伯家人的人，帮黄伯找回南州人的身份，在故乡安心养老。

流浪救助的旅途还在继续，我们在街面上与流浪乞讨人员相遇相识，以他们的一个个故事编成旅途中的多样风景。

129

（三）用心陪伴，传递温暖

在参加关爱无家可归者活动的过程中，常会听见一些志愿者的疑惑：我们把食物交给他们，有什么意义？

确实，我们提供的食物不能立刻改变他们的生存现状，不能改变社会大众里一部分人对他们的眼光，不能改变他们重投社会的困境，但我们这样做还是有很大的意义的，那就是尊重、沟通和陪伴。这里的陪伴，是首先丢弃我们的有色眼镜和冷漠的外衣，细心聆听和接纳他们的需求，竭尽所能帮助他们重返社会，以自己的能力，改变自己的生存状况。我们在中心城区一带派发物资，有时会看见露宿人数减少，附近的露宿者告诉我们："他们都找到工作了，就不在这里睡了！""其实我们都希望靠自己的能力找到工作，我们都不是好吃懒做的人！"这便是我们接触的部分无家可归者的真实想法。

我们常常会和他们聊天："最近身体怎么样？""老伯，风湿药膏用完了吗？""最近工作找得怎样了？""陈伯，少喝点酒啊。"某天，我们的饭盒供应商特地安排了回锅肉饭，有位老伯欣喜若狂："好久没吃过这么好吃的饭了！"我们派发卷纸，他们都感激不尽，"太实用了！每次掏钱买纸，都不舍得"。我们还会派发洗发水、沐浴液、牙刷牙膏，叮嘱他们要注意清洁。这些，都是暖+公益在努力做的事情，努力让他们从一份份物资上感受到来自社会的更多温暖。

前不久，暖+公益联合发型师们，为无家可归者进行了一次剪发活动，许多人都变得焕然一新、神清气爽。有些人说，好几个月没有剪头发了，看见我们的发型师，都很高兴，毕竟一次至少是十几元的支出，对他们来说，也是困难的。有位失明婆婆带着女儿，起初在我们附近不敢靠近，后来我们邀请她们剪发，剪了之后，女儿看着自己和妈妈的新发型，开心得合不拢嘴。有位刚失业的小伙子，原本消沉的志气也随着剪走的头发一并消失，重拾找工作的信心。

城市隐者

（四）热气腾腾的年夜饭

年廿九，当在异乡的人们热盼登上归家的航班或列车，当家人为迎接春节而忙碌准备年货、打扫卫生的时候，一群同处异乡，却因各种原因只能留在南州的无家可归者们却仍像往常一般，为一日生计而东奔西跑，为一晚安眠而碌碌度日。他们也许与匆匆回家过年的人们擦身而过，但他们的方向，永远也是那个有瓦遮头、家人在旁的家。

年廿九，有一群可能只能叫出彼此网络昵称的热心伙伴，在忙碌着：熬骨头汤、分装零食、倒弄饺子皮和馅料，为的是一顿特别而温暖的年夜饭——暖+公益暖年包饺子派送活动，无家可归者们没有被遗忘，暖+公益的热心志愿者们用行动为他们筑起一个温暖的家。

志愿者们用猪骨、虾皮等材料熬制美味的水饺汤底，他们甚至拉上爸妈作包饺子后援团，四小时完成一千五百多只饺子的制作。还有打包糖果、装水饺盒、运送饮料、煮饺子等，志愿者们积极投入到各项准备工作中。

一千五百多张饺子皮、三十多斤馅料、三百多杯果汁饮料、二百多份新年糖果，加上参与包饺子、熬汤、煮饺子、打包食物、年食派送的五十多位暖+公益志愿者们的心意，我们为二百三十多位无家可归者每人送上一份年夜饭。尽管每人只有五只水饺、一袋糖果、一杯饮料，不足以果腹，但在繁华喧闹的城市里，即使暂时露宿街头，也能收到一份热腾腾的饺子，便如同一份温暖心窝的新年问候，让他们感受到仍被重视的温暖；即使有什么困难，也有人可

131

依靠，从心理上授人以渔，这是暖+公益人的冀望。

为了让无家可归者能吃上热腾腾的水饺，暖+公益志愿者们带来六个保温壶，现场浇上暖暖的热汤，温暖无比。

也许在钢筋丛林般的现代都市里，我们不能消除部分人对无家可归者的误解和认识，我们也没有能力让所有无家可归者过上体面的生活，但我们不希望冷漠和不理解剥夺了他们生活的尊严。一句简单的问候和浅浅的微笑、没有等级的约束和身份的局限、尊重他人、平等地位、无私奉献，这都是暖+公益人一直在做的。

每个无家可归者，都有自己的故事，都是平等的人。在派发中，我们强调派发物资时要蹲下来，与他们保持平等视线，这是最基本的尊重。我们不是圣人，我们不能及时改变他们的生活现状，但如果我们坚持，事情总会一点点变好，至少我们看到改变了的现状：客运站的无家可归者们都是来自五湖四海的年轻人，以前他们会一哄而上地抢派发的物资，如今，他们不仅井然有序地排队，而且还会告诫新来的同伴要遵守秩序领取物资；以前我们会收到环卫工人的投诉，说他们随地丢弃饭盒等垃圾，我们就在派发时提醒他们吃完饭要把垃圾丢进垃圾桶，如今，不用我们提醒，他们也会自觉遵守。

公益不是施舍，我们坚持奉献出时间甚至物资，坚持付出不求回报，希望坚持能帮助到他人，也希望坚持能让自己变得更美好。

城市隐者

24　我是你流浪过的一个地方

厚德公益团队　泽丰

（一）

记得第一次参加厚德公益组织的流浪者帮扶活动的时候，我简单地理解为为他们发放物资：盒饭、面包、水果，让他们填补肚子而已。但在持续参加活动之后，尤其在成为厚德公益的组长，自己肩负了更大的表率责任之后，我才清楚地知道，我们在帮扶方面，除了派发食物，还有派发衣服、被子，甚至一些外用的药膏，以及作心理方面的开导，帮他们找工作，送他们回家。

在持续地参加活动后，我也慢慢熟悉他们中的一些人，知道他们的一些故事。他们当中，有来自南方的，也有来自北方的；有天生残疾的，也有年长多病的，还有十几二十岁的年轻人。

在与他们的交谈中，我常常问及两个问题：为什么不回家？为什么不找工作？

关于回家，其中有些人无奈地回答说，家都没有，怎么回去？因为连住的地方也没有，他们宁愿在城市里乞讨，也觉得要比在家里强。

关于工作，除了有些病残以及年纪较大的人，其他人都应该有力气干活。为什么他们宁愿等着"嗟来之食"，也不愿意通过自己的双手劳动赚钱，让自己有热饭吃，有热水洗澡，有床铺睡觉呢？原来他们中的大部分都有找工作被骗的经历，不是他们没有文化、防范意识低，而是骗子的欺骗套路太深。有找工作交押金的，工作最后没找到，押金也没有了；有找到工作的，活都干完了，最后老板跑了，找不到人给工钱；等等。所以从某种程度上来讲，他们对找工作这个事情已经缺乏信心了。

（二）

当然，这其中，也有通过我们厚德公益组织的伙伴介绍找到工作的。这里就举一个例子吧。

故事的主人公叫小梁，他年纪较小，二十多岁，男生。他是什么时候来到东站的，我不太了解，但我们的伙伴成功为他找到合适的工作这件事，群里所有人都是知道的，并为之高兴、振奋。

可惜好景不长，小梁可能因为性格的问题，比较内向，在新的工作环境里，没有很好地适应和胜任工作岗位，最后被用人单位辞退了。

这个事情，给我们厚德的伙伴很大的打击。因为我们帮扶的最终目的，不只是简单派发物资，而是希望通过各方一起努力，为他们提供救济与援助，帮助他们找到工作，让他们能够重新融入社会，能够像正常人一样拥有在城市生活的能力。

小梁被辞退后，我们去接他回东站的那天，刚好是国庆节假期。那天其实对我们而言，可谓一喜一悲两重天。

悲的是因为小梁被辞退了，我们新生的希望破灭了，他又要重

134

新回到东站过流浪露宿的生活了。我们更担心这个事情会对他造成严重打击，让他对以后美好的日子再不敢抱有希望。

喜的是因为我们和鼎力为仁社工机构的社工的共同努力，帮流浪未成年人小卢找到了父亲。因为小卢是离家出走的，通过辗转努力，我们终于联系上他父亲老卢，并约好国庆假期来南州把小卢接回身边。

不料后来发生的事情，像电影剧情一样发生反转。但这真不是电影，而是真真切切发生的事情，就在我们的身边。

小卢后来又离家出走，回到东站，继续过着流浪的生活，像个没长大的小孩（其实就是），贪玩，不想受父母约束。

小梁回来后没多久，自己重新在餐馆找了份服务员的工作，让我们无比欣慰。他表示自己再也不愿意过原来那种生活了。

（三）

在南州这个偌大的城市，在东站这个每天进进出出无数人的地方，有这么一群人，他们来自五湖四海，因为各种原因停留在这里，成为流浪者中的一员。他们有时会被人瞧不起，也会被人不待见，甚至可能被视为文明社会发展与进步的某种阻碍。我作为厚德公益组织的一员，感到高兴的是因为自己还心存温暖，可以和其他伙伴一起尽一份自己的微薄之力，让东站的路灯照得更亮、更温暖些。

未来的路还很长，因为流浪者救助帮扶是一个复杂的社会问题，它涉及多方面，比如家庭教育、老人抚养、社会就业，等等。我们厚德公益能做的不多，但我们会继续把能做的先做好。

24 我是你流浪过的一个地方

"一个成熟的社会应保护弱者。当然，社会保护弱者不等于纵容弱者，不等于为懒惰者买单。可我们应该明白，一个人情冷漠的社会是病态的，是没有希望的。"我们呼吁一切可以动员的力量，从我们自身做起，把小孩的教育做好，把对老人的关怀做好，把一个老板应尽的社会责任做好，这样他们才有家可回、有家想回，也才能让每个人只要脚踏实地地努力工作就能活下去，有尊严地活下去。

我是你流浪过的一个地方

世界之大，用脚慢慢来走完
我是你流浪过的一个地方
不会留下什么，也没有可以留下的
不能问你从哪里来，往事已忘
来的地方已不是家也没有家
现在四海都是家，又不是家
只是你流浪的一个地方而已

136　　　这是我为流浪者写的一首小诗，对我而言，我希望每个人无论去到哪里都是家，都能感受到家的温暖，而不只是你流浪过的一个地方。更重要的是无论去到哪里，总有一个家是可以回去的，应该回去的。

城市隐者

25 关怀无家可归者，社会力量在行动

让爱回家南州志愿服务队　富旺、锦华、芳芳、晓明、清油

（一）

"我回家。"

"我跟你们回家。"

2020年10月，在南州流浪十多年的黄大叔，终于同意跟随弟弟和侄子返乡。他把常用的板车、没来得及卖掉的纸板归拢整齐，摆放在垃圾桶旁。

临行前，他不再责备让爱回家南州志愿服务队的志愿者们把家人叫过来，而跟在场的志愿者一一拥抱，挥手话别。志愿者们长舒了一口气。这是社会力量参与救助服务、合力救助流浪者回归家庭的一个缩影。

（二）

2020年11月，在让爱回家南州志愿服务队的帮扶下，南州本地户籍居民颜大哥由家人接回，告别在故乡近百天的流浪生活。

原来，颜大哥患有精神疾病，于2020年8月份走失，家人多方寻找未果。让爱回家志愿者在外展探访的过程中，遇到露宿的颜大

哥，经过多方沟通，了解到其零星的信息，疑似为南州本地户籍居民。于是通过多方寻亲，志愿者联系到相关街道工作人员，最终联系上其家属，由家人到场接回。

（三）

"你还认不认识姐姐了？"

"二十六年啦，你为什么不回家？"

"你说话呀！"

2021年5月，经过让爱回家南州志愿服务队几个星期的苦苦寻找，来自江西的吴大姐，终于在一处荒凉的桥底，见到了二十六年杳无音信的弟弟吴大哥。吴大姐紧紧抱住弟弟，不停地问着，吴大哥始终一言不发，直直地看着姐姐，手足无措。最后，他终于也紧紧抱住了姐姐，失声痛哭。

四十三岁的吴大哥，十七岁的时候外出打工，辗转福建、广东、浙江多地，因为个人遭遇等种种原因，长期处于流浪状态，始终没有与家人联系。

早在2020年8月份，让爱回家志愿服务队就发现了吴大哥，因为长期在外，他的口音难辨。他一开始说自己是福建人，给的地址也是假的，我们无法核实到具体信息。经过长期的探访服务，吴大哥终于说出自己是江西人，并给出零星的个人信息。通过多方努力，社工、志愿者终于联系上他的姐姐。因为吴大哥流动范围较大，他的姐姐到达南州后一度寻找无果。最后，亲情融化了一切，吴大哥跟随姐姐踏上返乡的列车，终于回了久别的故乡。

城市隐者

（四）

富达住豪宅，贫穷宿桥底。

理想很丰满，现实太骨感。

这是露宿高架桥底的男子陶明，在墙上作的小诗《体悟》。这或许是流浪十年的他，内心无奈的写照。

2020年10月底，让爱回家南州志愿服务队负责人富旺收到一条线索，有一名男性流浪者，长期生活在泰同路园松宾馆对面的高架桥底。

考虑到桥底可能情况复杂，当晚，几名志愿者和村治安联防队员打着手电筒来到高架桥底。流浪男子正睡在纸板和凉席搭的简易床上，对于陌生人的到来很是抗拒。

志愿者以人口普查的名义，问询流浪男子的身份信息。和很多丢失身份证的流浪者不同，他很快掏出身份证，身份证显示其名叫陶明，四十九岁，江西人。

当被询问为何在这里流浪时，警惕的他并不愿意多说，而是反问："问那么多干什么？"

第二天，富旺带领志愿者们再次去探访他。陶明手脚勤快，在高架桥旁边的荒地上开垦种菜，种满番薯和辣椒，还特意挖了"水渠"引水过去。他平时去附近的山上挑山泉水来饮用，用砖块砌的炉灶做饭，吃自己种的菜，日常生活完全可以自给自足。

通过陶明的身份信息，志愿者很快联系上陶明的哥哥陶勇，并发了相关视频和照片过去。

在南州附近城市打工的陶勇一开始怎么也不敢相信，视频里邋里邋遢的流浪者是自己的弟弟，直到10月27日下午，他和亲戚来到高架桥底才终于相信。

时隔十年再见面，陶勇围着陶明转了几圈，细细打量一番，才认出这确实是失联十年的弟弟，陶明讪讪地摸着衣领，没有过多言语。在志愿者和家人的反复劝说下，陶明同意收拾行李跟着哥哥回家。

"谢谢你们帮我找到弟弟！"陶勇透露，陶明高中毕业，是一家人里文化程度最高的，在老家曾有个女朋友，两人生下一个女孩，很小就夭折了，女朋友后来跟陶明分手，嫁了他人。

失败的感情经历对他打击比较大，他后来到南州打工，但被私企老板辞退了，之后找工作又接连碰壁，于是选择流浪，却一直骗家人说在南州打工。

陶明的父母均已去世，十年前父亲去世时，他曾回过一趟老家，并办理了身份证，此后杳无音信。陶勇计划将陶明接到自己家中，慢慢开导劝说，解开心结，帮其找份工作。

在志愿者的帮助下，流浪十年的陶明被哥哥接走，告别"世外桃源"式的流浪生活。这次成功帮助流浪者陶明和家人团聚，全靠志愿者团队不抛弃不放弃的精神，也希望陶明不辜负大家的期望，早日回归正常的生活。

140

26　不欢而散的乞讨组合

我是小虎，一名无家可归者。这样忐忑而美好的"乞讨致富"时光，伴随着大杨的到来发生了变化。

大杨是刮汗哥的老乡，四十多岁，长得慈眉善目。经过刮汗哥的指点，大杨又叫来四位老乡，都是七十岁左右的阿伯、阿姨。我们几个人住在一个宾馆。

经过刮汗哥的耐心培训，四位老人家很快上岗，两个人一组，走"卖艺乞讨"路线。阿伯戴上墨镜，装成盲人，手拿二胡，假装在非常卖力地表演非常专业的演奏；阿姨负责引路，播放书包里收录机中的二胡曲目，顺带拿着饭盒收钱。

大杨负责所有后勤工作，联系车辆，接送我们三对乞讨组合；还要时时关注和监督四位老人的乞讨情况。

四位老人每天要把收入全部上交给大杨，再由大杨交给刮汗哥。四位老人每天保底五十元，食宿全免。我们所有的乞讨收入，都由刮汗哥统一管理。也有乞讨收入不景气的时候，比如雨天或者管理比较严的时段，但刮汗哥依然谈笑风生，没受什么影响。

随着刮汗哥收入的额外增加，我们"上班"的时候，他磕头的频次少了。但奇怪的是，我们的收入并没有因此而减少。

一个大雨滂沱的周末，我们集体"休班"。刮汗哥、大杨和我外出喝酒。我们二个人喝得很嗨，我喝了两瓶啤酒。刮汗哥跟我商量，

141

叫我跟大杨搭档，他还要发展新成员。

我不同意，我跟刮汗哥搭档心里有底。

"刮汗哥，你可以再发展新的组合嘛，况且，大杨也没有你这样的经验。"我极力坚持我的想法。

大杨很不高兴："小虎，就你有经验？带着你出来是给你一个赚钱的机会，你不要不识好歹，明白不？"

"什么叫不识好歹？我是真的有病，我不像你，骗人！"

"骗人？谁骗人？你不是也在骗人？你其实就是个累赘，病歪歪的，说不定哪天还要给你料理后事，你别把自己弄得那么高尚，你就装吧！"

"你这个骗子！"我把一杯啤酒撒到大杨脸上，他拿起酒瓶子要打我，但被刮汗哥紧紧拉住了。

啪！刮汗哥把杯子摔在地上。

"刚吃了几天饱饭，你们两个就开始耍了，不愿意干都给我滚，想干的人有大把。"

142　　　无处可逃。我的"乞讨致富"生涯还在继续。

我和大杨成了"搭档"。刮汗哥并没有发展新的成员，他买了一台五菱之光面包车，负责我们六个人的后勤保障。

人在屋檐下，不得不低头。大杨负责"装病"，躺在地上、盖上棉被，我负责跪在地上，不停地磕头。自从我们两个人开始搭档后，我俩的乞讨收入锐减，三个乞讨组合里，我和大杨的收入最低。

刮汗哥为我和大杨操碎了心，每天都要送我俩到很远的三甲医院天桥底下，我也梦想着再遇到挥金如土的施主，可是并没有。

每天不停地磕头，我感觉我的身体大不如前。

赖敏怎么样了？我只能在中午吃饭的时候休息一下，趁着上厕所的间隙，微信联系她。

"你那边怎么样？"

"还行，孩子快开学了，我准备过几天回去啦。"她很快速地回复我，应该是带着孩子们在吃午饭。

"你最近工作怎么样？"她问我。

"还好吧，比原来忙了一点点。"我还是要装作很忙的样子。

"社工找到了我爸爸，我爸爸打电话叫我先回去，我不想回去，再等几天，给孩子攒点学费再走。"

"我一直有做志愿者的，也认识几个社工，社工叫什么名字？"

"好几个人的，负责的叫王朝马汉、阿欢，你认识吗？"

"王朝马汉？阿欢？我不认识，但可以通过其他志愿者联系到他们，要不要我找找他们？"

"能联系到社工最好啦，社工说要给我们一家人发动捐款，不知道真假。"

143

"好的，我联系社工。"

其实，我不好意思联系社工王朝马汉和阿欢。我跟社工怎么说呢？我说我在"乞讨致富"？我说我认识赖敏？不行啊。我和刮汗哥的行为，是见不得阳光的。

下午乞讨的时候，我磕头的频次越来越慢，头上不停地淌汗，湿透了大杨脸上的毛巾。

"你是不是要挂了？"大杨换了一个离我远一点的位置。

"我今天不太舒服。"我的回答有气无力。

"你什么时候舒服过？"大杨没好气地低吼着。

"我不想跟你吵，我只想跟你商量点事情。我想去办点急事，你自己在这里躺着，也不会影响收入的。"我又凑到大杨身边，一边磕头，一边小声地跟他说。我想偷偷地去看看赖敏，再偷偷地给她些钱。

"你想得太美了吧？我躺着也累啊。"

"我磕头更累！"

"小虎，你对你自己要有个清醒的认识才行，每天有几百块钱的收入，已经对得起你自己啦，不出来乞讨，你一点价值都没有。"

"什么叫没有价值？"我掀开大杨脸上的毛巾。

"你有什么价值？"大杨坐起来，面无表情地看着我，说："如果刮汗哥听我的，早把你赶走了，你哪还有机会跟着我们天天赚钱？你就是一个没用的东西！"

"啪！"我把毛巾抽到大杨脸上。

"啪！"大杨一巴掌扇到我脸上。

我想站起来，跟他拼命。却重重摔倒在地上，不省人事。

我醒来的时候，已经是第三天的中午。刮汗哥给我开了一间套房，各种补品、药品摆满了房间。

"你终于醒了，吓死我啦。"刮汗哥把我扶起来。

"你以为我醒不过来了吧？！"

"我是真的担心你。"他说的应该是真的，他给我买了一套新的衣服，看来是要准备我的后事。

　　"你还是回家吧，你的身体越来越差了，这样风吹日晒地折腾，不划算。"刮汗哥拿出一个鼓鼓囊囊的信封，塞到我手里。

　　"我没事的，我还能去乞讨。"我拼尽力气坐得笔直，证明我还可以。

　　"不要再勉强自己啦！"他把钱从信封里拿出来，"这是五万块，我已经取出来啦，你晕倒后有人报警了，在警察到场前，是大杨自己打车把你拉回来的，我担心警察已经留意到我们啦。"

　　"大杨呢？他不打我，我怎么会晕倒！"

　　"大杨和几个老人家已经搬到其他地方住了，我承包了一个偏僻的小民宿客栈，虽然远了点，但是安全，你还是抓紧时间回老家吧，这个房间可以明天中午再退房。"他拍了拍我的肩膀。下意识地，我拍了拍他的手。不知道是要感谢，还是不舍。

　　刮汗哥轻轻带上房门的那一刻，我重重地躺倒在床上。

　　"乞讨致富"的一个多月时间里，我得到了七八万元的"收入"。这对于我而言，是一个天文数字。

145

　　曾经鄙视的"不劳而获"的行为，现在被我有意地忽略。我沉浸在财富的"漩涡"里，陷入"致富"的欢喜当中，身不由己。

　　我拿起电话，有了报警的冲动。但看着身边的五万块钱，我选择了沉默。

27 孤独的世界，行走的拐杖

鼎力为仁社会工作服务中心　文显、子健、家铭

世界这么大，而找到真正喜欢的可以落脚的地方，又实在太难了。

"少年，你看到了行走的拐杖吗？"

"噢，抱歉，没有。"

没关系，谢谢。我看到了，它有时在城市的十字路口等红绿灯，有时坐在生意盎然的花圃旁，有时斜靠在树荫下眺望着，有时挂着一盒尚有余温的盒饭。无论拐杖去到哪里，总会有一双苍老的手"拉着"它，陪伴着它。

"拉着"拐杖的手，属于一位叫叶哥的中年男人。他总是一个人坐在珠海广场的花圃旁，身边总是斜放着一副拐杖，若有所思，一动不动。但他的双手却谨慎地搭在行李上，警觉地盯着每一位靠近他的人。他似乎成了珠海广场的一座人物雕像，似乎是一座城堡，又似乎是一个秘密，需要有人倾听。

（一）困境来袭

2022年3月，西伯利亚寒流南下虽然已经接近尾声，但南州的寒冷却依旧未减。这里是珠海广场，叶哥像往常一样挂着拐杖到桥对面领取今天的餐食，回来便坐在花圃旁，听着其他人的交谈，但

146

城市隐者

他从不搭话，似乎在等着什么。

这一天，我们项目组社工来到珠海广场开展外展巡查工作，而叶哥这一张陌生的脸庞，立刻"撞进"了社工的眼中。叶哥也发现了两个穿着绿色马甲的人一直看着他，略微紧张了起来。很多人或许会将此定义为一种缘分吧。但对于社工而言，这是必然的结果。

我立刻上前询问叶哥是否遇到困难需要帮助，此刻的他就像一位在城市里迷路的老人，空洞的眼底有了一束光亮。原来叶哥在三个月前还在勤勤恳恳地做着一份散工，但一次大意失足，从工梯上跌落，重重地摔断了左腿。之后，叶哥被送到医院医治，但昂贵的费用又再一次让他选择了"退缩"。他便拄着拐杖，背着破旧不堪的背包，就这样走走停停，来到了珠海广场流浪。我们听完他的讲述后，深深地感觉到，他那一刻是多么无助与绝望。

祸不单行，在某一天的早晨，当太阳刺激着隔着眼皮的眼球时，叶哥醒了过来，发现身份证被偷了。他懊悔不已，责怪自己睡得太死，本来打算等自己的腿恢复后，凭着身份证，继续打工，靠自己的双手生活，但一切似乎已经来不及了。之后，叶哥辗转在城市街头，用一副拐杖行走在熙熙攘攘的十字路口，孤独地前行。

（二）社工介入

我认真倾听叶哥的一字一句，并悄悄地坐在他的旁边。在平等与无拘束的交谈中，叶哥表达了自己深藏内心的需求——可以帮我补办身份证吗？我微笑着，用坚定的语气表达自己将会用最大的努力帮助他。叶哥听到后，吃惊之余，向我表达了感激。我询问叶哥的生活状况，并递给了他一些食物与一次性口罩，提醒他注意防疫。

叶哥告诉我，自己每天都会到桥对面领取盒饭，虽然腿很痛，但这份盒饭是自己一天的口粮。当听到叶哥的话后，我的眼里浮现出了一副磨得锃亮的拐杖"驮着"一个人在行走的画面。到了晚上，叶哥就在珠海广场的长廊睡觉，下雨时，则到桥下休息。听及此，我劝导叶哥到救助站暂住一段时间，并且检查一下腿伤情况。但是叶哥拒绝了，表示自己已经适应了目前的生活，希望我们帮他补办身份证，以便待他养好了腿再去打工。我尊重他的决定，便不再坚持。

当问及叶哥的家人时，他立刻变得愤怒起来，言语中夹杂着对他兄弟的不满情绪，并将自己目前的窘境归咎于他的兄弟。我猜想叶哥与他的兄弟之间应该有很大的矛盾和误解，但他却不想谈及，可能是痛苦的记忆，回忆起来成本太高吧。在安抚了叶哥后，我登记了他的身份信息，准备离开时再看到那副拐杖，内心不禁期盼它坚固些，能继续支撑它的主人。

提交了叶哥补办身份证的需求后，我同时也一直在思考接下来该如何介入对他的服务。了解叶哥与他的兄弟发生了什么事，这是介入的前提。因此，我联系了叶哥家乡的救助站，了解到他的家庭情况，并与当地救助站建立起了协助叶哥返乡的渠道。

（三）持续跟进

几天后的下午，我再次来到珠海广场寻找叶哥，看到了他正坐在长廊里休息。当我来到叶哥面前时，他神情有些惊讶，惊讶之余又立刻浮现出喜悦之色。我告知叶哥，已经与他家乡的救助站建立起协助他返乡的渠道，如果他愿意返乡，随时都可以。

我关心叶哥左腿的恢复情况，他告诉我："有位懂中医的好心人每天给我治疗和送药酒，现在已经不会很痛了。"我为叶哥感到高兴，并告知已经将他的身份信息提交，等审批通过便可以带他去补办身份证了。另外，也告知他，我已经咨询了他家乡的民政部门，申请低保需要他本人返乡递交材料审批。但叶哥表示目前不想返乡，等想回去的时候再联系项目组社工。

"山重水复疑无路"之时，却是"柳暗花明又一村"之际，我联系了叶哥家乡救助站的董站长，了解到他二哥与弟弟就在南州打工。当他的兄弟听到叶哥目前的处境时，立即表示现在就坐车到珠海广场来见他。

我再一次到珠海广场寻找叶哥，告知他的兄弟准备来找他，并询问他本人是否同意家属过来。但是，叶哥却突然暴躁起来，放出"他们敢过来就打他们"的狠话，并将深埋心底的兄弟之间的矛盾讲了出来，表示自己永远都不可能原谅他的兄弟。考虑到家属的人身安全和尊重叶哥的决定，我们就暂时不安排家属过来。

149

（四）不离不弃

微风轻轻吹，带来一丝丝木棉花香，我与叶哥坐在花圃旁，聊着家常。

他已经补办了身份证件，但因为身体状况，暂时难以找到合适的工作。

他依然对自己和兄弟之间的过往有着深深的怨气，兄弟相见的时刻还迟迟没有到来。虽然叶哥的救助帮扶工作告一段落了，但这只是故事的开端。希望再见拐杖时，已是春暖花开返乡日。彼时，这个世界已不再孤独。

28 相依为命的残疾夫妇

鼎力为仁社会工作服务中心　紫情、晓春、玉梅

（一）烈日中忘我"工作"的夫妻俩

八月的南州，正值酷暑天气，烈日高照，明显能感觉到双脚被大地炙烤着。临近正午时分，在社工即将结束外展工作之际，站在马路中间拍打车门要钱的廖大哥引起了社工的注意，瘦小的身躯和晒得通红的脸蛋直入社工的眼帘，不合脚且两只颜色不一样的鞋子格外显眼。

他的爱人———一脸稚气的邹姐正用力地搀扶着廖大哥。社工对他们大声叫喊着："马路上很危险，你们先到安全的地方喝水休息一下，小心中暑！"夫妻俩听到社工关心的话语后露出会心的笑容，并一边点头回应，一边跟随指引走到了安全区域。多年的乞讨生活，使廖大哥对社工服务有了深入了解，对社工产生了足够的信任，其用略显吃力的家乡口音，向社工讲述他的生活状况。

廖大哥天生患有小儿麻痹症，双脚行动困难，说话口齿不清；而妻子也存在智力障碍的问题，无法与他人正常沟通。日常夫妻俩相依为命，以乞讨为生，迫于家庭压力，每天日晒雨淋地忘我"工作"。廖大哥还表示，除非病倒动不了，否则一刻都不敢"旷工"，语气中透露出旁人难以理解的无奈与艰辛。

在廖大哥讲述期间，社工一直陪伴在旁，并时不时地通过对视的眼神，给予其鼓励及示意仍在倾听着，不忍贸然打断他压抑心中多年的故事，任由他吐个痛快。

过了约一刻钟，廖大哥终于讲述完个人生活史，倾诉后的他脸上明显变得平静了，社工深知无法通过个人力量缓解他的生活问题，但笃定地告知他，会联合救助站联系源头地民政部门，帮助他渡过难关。他半信半疑地点着头，眼神里充满了希望。

（二）在重重安全隐患中"砥砺前行"的夫妻俩

九月的中午时分，烈日当空，熙熙攘攘的行人正在讨论着午餐期间发生的趣事，马路上大大小小的车辆接连不断地穿梭着。此时还在忙碌的夫妻俩目不转睛地守在红绿灯等候区，生怕自己一不留神就会错过期盼已久的金主，夫妻俩的一日三餐便会落空，家人的生活也会因此遭遇困顿。或许是出于责任，又或许是妻子紧握的双手传递出来的力量，让已满脸疲惫、身上带伤的廖大哥忘却了阳光的炽烈，仍然纹丝不动地坚持"工作"。

好不容易等到红灯亮了，等候区停满了车辆，廖大哥像往常一样面带笑容地拍打着车门要钱，但给予施舍的车主少之又少。或许早已习惯了这样的结果，廖大哥脸上并未露出半丝失望的神情，依然面带笑容地继续着他的赚钱使命，但沉浸在与车主打交道中的他并未意识到此时正面临着极大的安全隐患，迎面而来的大货车不断与其擦肩而过。

旁人看到这一幕都禁不住心头一惊，而他却全然不知，仍在逐一拍打着车门，虔诚地乞求着车主能给予施舍。

生怕再次出现那样吓人的现象，早已结束外展工作的社工已完全顾不上形象，用尽全力奔跑到夫妻俩面前，说："你们知道刚才的情形有多危险吗？路上全是大货车，就这样在你们面前掠过，看得我们心惊肉跳的，快跟我们去安全的地方吧。"

在社工的关怀和劝导下，夫妻俩由社工搀扶着转移到了安全区域，但廖大哥始终未有停止乞讨之意，眼神还停留在马路上的车辆上，最后被社工的问话所打断。

"你们吃饭没？"夫妻俩不断摇头给予否定回应。

"天气太热了，马路上也很危险，要不你们休息一下，先去吃点东西吧。"

廖大哥突然有些激动地回应道："其实，我也……知道在马路中间乞讨……很危险，但家里……有一大家子人……等着我拿钱回去开锅，小孩上学……也要钱，我们夫妻俩……都是残疾人，没办法……工作，依靠低保……根本解决不了……家庭生活开支……"略带吃力的话语中饱含着辛酸与无助，笑容中更是流露出对生活的无奈。

廖大哥的话语让社工触动不已，他承受的压力远超乎常人的想象，因行动困难，他外出乞讨时经常出现磕倒摔伤的情况。社工及时给予廖大哥理解及情感抚慰。感受到社工的关怀后，他主动向社工讲述他的家庭情况：他与妻子育有一对儿女，所幸儿女身体均健康，现跟随他父母在老家生活，目前六岁的儿子已上一年级。然而经济压力也随即增加，虽然家里四口人每月均享有低保，但仍无法

153

解决基本生活所需。同时，夫妻俩因身体残疾，目前只能依靠乞讨维持生活，且同在南州生活的弟弟时常向他索要生活费，面临的种种压力，让廖大哥对未来生活产生了担忧和无力感。

经过社工的定期关怀及疏导，廖大哥的担忧情绪得到了缓解，而且他已习惯时不时向社工吐露心声和分享生活点滴。与此同时，社工定期向他分析他的身体状况。最终他同意到救助站接受临时救助，但其"赚钱"的念头并未因此而停止。

（三）接受临时救助的夫妻俩

确认廖大哥的求助意愿后，社工第一时间联系救助队来护送他们入站。历经约二十分钟的路程，夫妻俩顺利抵达救助站，并在社工的协助下办理入站手续。经站内医生检查，我们得知他身上的伤口并无大碍，大家心里都松了一口气。

而此时，他脖子上一直挂着的乞讨牌子引起了社工的关注，上面写着稀疏的几个字"谢谢好心人"，还有两个完整的手机号码，经了解得知，此号码为其母亲的联系方式。他告知社工，他每周均会致电母亲了解家里情况，每次听到小孩的呼唤声都会特别想念他们，但同时心里又是幸福的，因为至少知道他们平安无事。此时夫妻俩脸上洋溢着幸福，但又带着些许的无奈，因为生活的现实让他们被迫与孩子分隔两地。

廖大哥还向社工讲述，夫妻俩外出南州乞讨已有多年，目前他与妻子租住在城中村，每月房租和生活费会花掉他接近一半的收入；且每月需给家里寄生活费，如同城市中的"月光族"；仅靠政府补贴无法养活家人，被迫乞讨为生，希望社工与救助站协助他缓解家庭困境。他诉说时情绪较为激动，社工及时安抚他的情绪，并对他因家庭生活艰苦而被迫乞讨表示关心。同时，社工告知会针对其家庭现状协助他联系属地政府了解可申请的相关社会福利。得知社工有意帮助他，他脸上绷紧的神情一下子得到了释放，并对社工表达了感激之情。

或许是习惯了自由的生活环境，次日，廖大哥便向工作人员提出了离站的诉求。虽然工作人员多次劝导，但他坚持要离开。出于自愿救助原则的考虑，工作人员最终给其办理了离站手续。夫妻俩像出笼的鸟儿一样开心，相互依靠着走向公交车站，两人的背影是那么地令人羡慕，但却有种说不出的酸楚。

虽然夫妻俩离开了救助站，但社工帮助他们的信念并没有因此而停止。社工及时联系廖大哥的母亲，深入了解他的家庭情况，其所陈述的内容与廖大哥告知的基本一致。在得知社工的介入目的后，对方告知他们曾因家里补贴事宜与村委会等部门闹过不愉快，并担心社工再次提及会导致补贴被取消，但在社工及时澄清情况后同意社工介入了解。随即，社工联系村委会核实廖大哥一家的补贴事宜，得知夫妻俩已享有低保及残疾补贴，且当前仅符合这两种社会保障，并无其他可申请的社会福利。

（四）渴望回家而被迫在外漂泊的夫妻俩

廖大哥离开救助站后，携着妻子日复一日地在街面流动式乞讨。长期的乞讨生活让夫妻俩满脸疲惫不堪，廖大哥身上的伤口更是不断重复着愈合、受伤、再愈合、再受伤，日常的磕磕碰碰已成了他乞讨路上无法避免的事情。

历经几个月，临近春节，团圆成了夫妻俩回家理所当然的期盼。等待了这么久，终于可以见到心心念念的家人，夫妻俩心中更是祈祷着能够一直这样与家人生活在一起。

但未承想在短暂的返乡生活里，因无收入而未能继续承担家里的生活费，母亲因此对廖大哥责备了几句，进而吵得不可开交。迫于家庭生活压力，内心渴望留在家乡生活的残疾夫妇被迫再次踏上漂泊之路。即使早已厌倦这种生活，也不得不继续着。

社工见证了夫妻俩乞讨生活的点滴及辛酸，并多渠道联系亲属及属地政府部门核实相关情况，但仍无法解决他的生活问题。

每个流浪乞讨人员背后都隐藏着各种各样的故事，其中有无奈、辛酸、曲折、跌宕起伏，更有常人无法想象的压力。一句关心的问候，一次用心的陪伴，或许能给他们的生活带去巨大的能量。希望有更多社会力量给予流浪乞讨人员以关注及帮助，为他们回归家庭、回归社会助力。

156

城市隐者

29 无家可归者之家，公益小镇

我是小虎，一名无家可归者。从刮汗哥那里"乞讨致富"下岗后，我返回无家可归者之家。

无家可归者之家来了陌生人，图书馆被糟蹋得一塌糊涂，较新的书被拿走了。指挥中心里面留下了一坨大便，"无家可归者之家建设规划图"被当作手纸，煤油灯里洒满了尿液。三轮车也不见了。

还好，我的日记本和《追忆似水年华》还在。

还好，王朝马汉来了。

他久久注视着无家可归者之家沙盘上的商业街，提醒我商业街太大，用不上这么大的地方，可以拿出一部分建一个公益小镇：一个专门服务无家可归者之家的公益小镇。

我们两个人忙了一个下午，公益小镇闪亮登场：理发店、冲凉房、咖啡店、洗车店、二十四小时图书馆、残疾人就业工厂、午夜流动救助巴士、寻亲驿站。

公益小镇综合服务中心被命名为"善城之光"，设立了心理咨询室、小组室、多功能室，以及重点关注携子流浪和乞讨家庭的亲子活动室。

公益小镇二十四小时图书馆被命名为"我的图书馆"。图书由居民自发捐献，由无家可归者自行打理，社工、志愿者协助，收益源于图书馆的文创产品，如书签、日记本、旅游纪念品、创意产品等。

公益小镇残疾人就业工厂被命名为"一彩一绣创业工作坊"，由广彩广绣公益导师传授广彩广绣技术，产品一部分由公益老师回收，一部分通过公益小镇图书馆销售。

公益小镇咖啡店被命名为"窗外咖啡屋"，由烘焙公益导师教授技术，采取无息小额贷款方式资助有就业需求、就业能力的无家可归者创业，社工和志愿者团队兜底支援。

公益小镇寻亲驿站被命名为"让爱回家工作室"，以寻亲和返乡作为主线，以社工+志愿者服务模式，凝聚社会公益资源，组成寻亲小组、探访小组、劝导小组和跟踪回访小组。

公益小镇午夜流动救助巴士被命名为"暖城列车"，旨在在政府的救助站与无家可归者的露宿地之间，建立一个流动的救助服务平台。低偿租用公交车，适度改造，配置冲凉房、阅读小屋、急救设备。每周一、三、五、日四天全天出动，为不愿意进站救助的老人、女性、危重病人等高危群体提供流动式救助帮扶。暖城列车配备社工不少于两人，司机、护士、医生、志愿者等跟车工作人员都是无偿服务，降低运营成本。

我们两个人不断地讨论，不断地改变着沙盘上物件的摆放位置，充实和完善公益小镇的每一个细胞。

至于可行性、持续性，暂时不在我们考虑之列。我们只关心应该做些什么，可以做些什么，还能够做些什么。

对于重点群体的分层分类，对于服务的项目化设计，我们不断地相互碰撞着想法和思路。我觉得，我也成了社工或者志愿者。我的自豪感油然而生。

158

对于重点中的重点我们梳理出几个板块：

其一，高龄长者的老有所养问题。许多流浪长者因为种种原因，长期流浪，无家可归，或者有家不想回。他们长期在外，面临着各种健康问题，风险隐患极大，随时可能朝不保夕。回归家庭、回归社会，是他们最迫切的需求。

其二，流浪未成年人少有所教问题。家庭贫困、父母离异、父母关系不好、家庭矛盾等等，都是促使未成年人辍学外出的原因，但由于他们年龄小、能力有限，无法找到一份工作，最终成为一名流浪未成年人。更有一部分未成年人，被动地跟随父母或者其中一方流浪、露宿或者乞讨。

其三，因病因残的服务对象……

其四，无意识流浪的服务对象……

其五，组织化、专业化的"职业"乞讨……

其六，救助管理服务的创新，社会力量的积极发动与广泛参与……

对于"暖城列车"午夜流动救助巴士，王朝马汉特别上心。他不停地打电话，不停地讲解着，强调着互助、自助的理念。他说赞助商已经落实，巴士公司已经联系好了。他说跟车医生、护士已经落实，无偿支援。但车辆在露宿点的停放，遇到了一些问题。

我们两个都累了。王朝马汉躺在指挥中心的破沙发上酣然入睡。他浓密的胡须很久没刮，他放松的四肢表明他很疲惫。

我曾经看过一份关于他的报道，知道他从媒体人到策划人到公益人的历程，但不知道他还能坚守多久。听阿欢讲他刚刚获得一个

159

比较权威的表彰。为了名利？还是所谓的情怀呢？

我们都是70后，他比我大不了几岁。一瞬间，我觉得他如果是我的哥哥多好，我可以跟他推心置腹地聊聊天，甚至在他面前大声地哭出来，不需要他说话，不需要他安慰，只要他在，就好。累了，我也要睡一下。

我的心脏手术即将开始。

冰凉的麻醉药进入血管，意识稍稍模糊，护士整理物品，叮叮当当。

"护士长，准备好了？"

"主任，还不行，麻醉效果不佳……"

"怎么会这样？"

"上次也是这样。"

"手术取消！"

我的梦境。在我的生命里依然顽强地周而复始。

下午四点多，王朝马汉醒了。他提议一起到附近找个地方吃饭。我们走了一段路，刚好路过原来我做"交通员"的小学，两位志愿者阿姨在认真地指挥交通。她们看见了我们，拼命地朝我挥手。

王朝马汉马上停下来，提议我们换个地方吃饭。我说你认识两位阿姨吗，他说不认识。不认识为什么不过去呢？是不是王朝马汉故意导演了"我不是坏人"的冲突，好让我回家？我懒得去想啦。

吃饭的时候，王朝马汉不停地发微信，他解释说最近棘手的案

160

城市隐者

例比较多。

犹豫了一下，他问我："你是不是认识赖敏？"

"我们是老乡，她带着四个孩子乞讨，前一段时间在医院见过她，跟她聊过一次。"

"我们在重点跟进她们一家，听她讲有个叫长毛的长发老乡在帮助她，附近报摊老板提供的照片模糊，但我猜应该是你。你能不能帮我们一起劝导她回家？"

"怎么劝导？我也一直有这个想法，想为你们社工做点什么。"

"医院的人流量比较大，地处闹市区，人来车往，一家人乞讨影响较大，相关部门高度重视。本来带着孩子乞讨可以按照相关规定处理，公安也带回派出所核实过，孩子都是亲生的，家庭困难情况属实，于情于理于法综合考量也难以处置。安排返乡才是最好的办法。"

"能不能给些经济援助？"

"已经在准备网上筹款。"

"家里人联系过吗？"

"已经联系了，她爸爸准备过来。"

我明白了他找我的目的。我没有告诉他我是赖敏的同学，我还是希望保守我的秘密。我说我没有跟她讲我的实际情况，他说他明白。

30 "发明家"王伯的回家路

鼎力为仁社会工作服务中心　嘉怡

在每一次见面和会谈时，王伯都要向我们重申他是一个"发明家"，好像要通过这三个字汲取力量，支撑自己继续生活下去。

（一）伟大的"发明家"

"王伯，又在研究新发明了！"

"你看，这样是不是比较好看？我是不是很厉害啊？"

王伯笑呵呵地向我们展示他的新发明，一个五金零部件的简单组合。虽然很简单，但这的确是王伯多年来投注的心血。王伯为此花费了大量的时间和精力，不仅从早到晚都在摆弄和研究，还不时乘坐公交车到五金市场寻找新的零部件和灵感。每次的车费对于毫无收入的王伯来说已经是一笔相当大的开销，但王伯对于这笔开销总是特别大方。

曾经有一次，我们在外展的时候意外遇见王伯，正准备与王伯打招呼，王伯突然灵感闪现，连招呼也没和我们打就急急忙忙地跳上一辆公交车，到五金市场寻找和购买新的零件，连我们在后面的呼喊都听不见。

王伯每天最主要的两件事情就是喝酒和制作他的发明。每次拿起或者说起这个发明，王伯总是两眼放光，好像闪着亮晶晶的火花，说起话来也滔滔不绝。

随着对王伯的了解逐渐加深，我们更加明白了这个所谓的"发明"对王伯的意义。王伯年轻的时候，家里经济条件比较好，他自己也吃苦耐劳，在老家开了一家汽车维修厂，后来与自己的第一任妻子结婚并生下了两个女儿，生活过得幸福美满。可是好景不长，妻子将他的家产"败光"，他一气之下与妻子离婚，把两个女儿的抚养权也交给了妻子，自己只身来到南州打拼。

在南州，王伯每天起早贪黑地工作，依靠自己的努力和学识，再次白手起家，生活慢慢富裕起来，同时收获了爱情，在南州再次成家，与第二任妻子结婚生下一子一女。直到八年前，王伯已经没有劳动能力了，便到第二任妻子的老家养老。但不知道因为什么事情，王伯与第二任妻子大吵了一架，妻子非常愤怒地嚷着要王伯"滚"。情绪激动的王伯与家人断绝联系，一个人再次回到南州。因为没有劳动能力，王伯无法重新找到工作获得收入，所以只能依靠自己随身带到南州的一点点财物维持生活。

很快，王伯就将身上的所有钱财花光，无奈之下只好流浪露宿在南州的街头，依靠附近的爱心街坊和公益机构不时的派饭接济勉强度日。生活的几次大起大落，让王伯觉得自己很失败，不愿意联系家人也不愿意回家。他觉得自己必须完成"发明"这件大事，有面子后才能够回去面对家人。

因此，我们一直鼓励和支持王伯完成自己的发明。在我们的鼓励赞扬声中，王伯终于完成了自认为是本世纪最"伟大"的发

163

明——汽车点火器。这让王伯感到很自豪。我们借这个机会再次劝说王伯回家，王伯同意了。

（二）艰难的回家路

虽然王伯有了回家的意愿，也很配合我们的工作，但他的回家之路一点也不顺利。

因为年纪已经比较大了，而且长年流浪露宿在外，没有与家人联系，王伯对家和家人的记忆特别模糊，只是隐隐约约地记得自己老家的地址。王伯身上也没有身份证、户口簿等可以证明个人户籍地址的证件，这使得帮助王伯回家遭遇重重困难。

我们在与王伯接触的过程中看到，王伯酗酒变得越来越严重。一日三餐喝酒比吃饭还要来得准时，而且一次都不落，对酒也越来越依赖，喝酒越来越没有节制。在一个寒潮低温天，被冻得瑟瑟发抖的王伯好不容易在街道办和救助队工作人员的劝导下同意到救助站暂住几天，等到天气暖和了再出来。在众人忙着给王伯披上厚衣服、扶他上救助车的时候，他突然停下脚步，扭头指着床边的酒箱子，扯着嗓子喊：“酒，酒，酒啊！”非要带上他的酒才肯离开。工作人员无奈，只得帮助王伯把他的酒抱上车。

酗酒严重影响着王伯的身体。每次我们接触王伯时，他都喝得醉醺醺的，躺在地上，无法靠自己起身，需要别人帮忙才能够坐起来。于是，帮助躺在地上的王伯站起来，协助他坐在床上，渐渐成了我们与王伯会谈前的必备仪式。长期的饮酒还让王伯不停地咳嗽，说话越来越不利索。尽管我们一再劝说王伯少喝酒，但王伯一直我行我素，认为自己活不了多少天，在剩下的日子里想喝酒就喝酒，让自己开心一点更重要。

鉴于王伯的身体越来越虚弱，露宿的环境已越来越不适合王伯继续居住。我们商量后，将王伯的情况报到救助站，希望通过救助站帮助王伯找到家人，再让其家人把王伯接回去。

几天后救助站回复，因王伯已记不清楚自己的家庭地址，又没有可以证明自己身份的证明文件，救助站也无法核实王伯的户籍信息。为了核实王伯的信息，项目组社工开始通过从王伯口中提供的模糊信息翻找地图，联系当地的社区工作人员帮助查找王伯的家人。联系到的几个社区工作人员都说无法协助查询，因为从王伯口中提供的地址过于模糊，而且王伯已离家近十年，其间发生了很多的变化。

机构的同事也通过疑似户籍地的市长热线寻求帮助，但都没有取得明显进展。帮助王伯回家，还有艰难而又漫长的路要走。

（三）紧急救助，成功回家

二月下旬，南州市气象台发布橙色寒潮预警。

就在前一天，我和同事见到王伯的时候，觉得其精神状态不是很好。虽然已经将防寒的物资提前送给了王伯，也提醒他注意保暖，可我们还是十分担心他的身体。我和同事劝说王伯到救助站暂住几天，等到寒潮过去后再出来。但王伯坚决不同意，觉得自己到了救助站就不可以继续喝酒了，还对我们说："喝一点酒就好了，喝完酒身体就会暖起来。"当时我和同事劝说了王伯一整天，王伯都不为所动，坚决不同意到救助站暂住。我和同事回去后一致认为，王伯的露宿地三面透风，根本不具备任何防风保暖的功能。而且王伯年纪比较大，身体比较虚弱，在寒冷天气里很容易出现问题。于是，我们决定第二天还到王伯露宿的地方，再劝说王伯到救助站暂住。

次日，当我们到达王伯露宿的地方时，发现王伯躺在地上，整个人蜷缩在角落中，在寒风中瑟瑟发抖。我们赶紧跑过去，一位同事伸手拉住王伯的手臂，试图帮助王伯起身坐直，但王伯像是浑身灌满了铅，无论同事怎么拉都无法起身。尝试了好几次不成功后，同事只好放开了王伯的手，伸手对我说："王伯好像在冒冷汗，看，我的手心全是汗水！"我看过同事的手，又把目光转向王伯，只见王伯全身都在冒冷汗，浑身湿淋淋的。

我尝试着和王伯说话，王伯微微抬头看向我，嘴唇也微微一张一合的，好像在和我说话，但完全听不见声音。我和同事把耳朵凑到王伯的嘴边，但依然难以听清他在说什么。

我们马上拨打120，叫来救护车检查王伯的身体。

同时，我和同事联系王伯露宿地所在的街道、居委、城管以及救助队，一起商讨王伯的救助安置计划。最后我们商定由救助队将王伯护送到救助站暂住，由救助站内的社工同事负责及时跟进。

王伯到救助站后，我将王伯的资料和信息进行汇总和整理，并告知了驻站服务的社工同事和救助站的工作人员，由站内寻亲小组继续帮助王伯开展信息核查和寻亲工作。

又经过将近半年的努力，我们最终成功联系上王伯的家人，由救助站工作人员将王伯护送返乡。

　　在南州流浪将近十年的王伯终于回家了。经过社工、社区、救助队、救助站工作人员的多方努力，终于让王伯这位流浪异乡的"发明家"叶落归根，回到自己的故乡，开始新的生活！

31 为耄耋乞讨老人完成心愿

鼎力为仁社会工作服务中心　艳波、子禹、浩林

（一）邂逅耄耋乞讨老人

每逢星期五午后，圃兰路上都会聚集一些乞讨者。我们社工每周五也常去圃兰路外展。

这个周五，我和同事照常到圃兰路外展，在一群乞讨者中看到一位白发苍苍的老人。他穿着格子大衣，头上戴着白色的帽子，额头上布满深深的皱纹，有只眼睛已经看不见了，牙齿几乎都已掉光，但精气神依然十足。

经过耐心的交流与沟通，我们初步建立了信任关系。他缓慢地从口袋里掏出两张回家的车票和一张有年代感的身份证给我看。按身份证所写，他叫张某某，为某省城市户籍人员，时年已有八十六岁，可称"耄耋老人"了。

我放慢语速问道："张大爷，您都已经八十多了，怎么还出来呀？"

张大爷用不太标准的普通话回答："我一直都没结婚，没儿没女，现在还能动，出来赚点钱以后用。"

经过交谈得知，张大爷自己没有房子，有一个哥哥健在，他回到家乡只能住在哥哥家。张大爷之前有过工作，工作单位后来倒闭，没有退休金；但办理了低保，低保金一直由哥哥代领。考虑到哥哥

比自己年长，张大爷一直没有开口向哥哥要回自己的低保金。张大爷已经来南州多年，与老乡合租在城中村。

张大爷带着我和同事去他租住的城中村，我们沿着村里一条狭窄的小巷子，在一处很破旧的老房子前停下了脚步。"这里就是我租的房子。"张大爷一边说，一边从口袋里拿出钥匙，用颤抖的手打开房门。

一股发霉的味道扑面而来。开灯后才看见，昏暗潮湿的房间里，肮脏的地板上到处摆放着东西，其中有几张上下铺的床。张大爷带着我们走到属于自己的床前，只见一床破旧的棉被和几件衣服散落在床上。"这就是我睡的位置。"张大爷说。

让我们坐下后，他用诚恳的语气说："我不想再漂泊他乡了，在家乡有房子居住多好。"

我微笑着回应："张大爷，您不用着急，我们会尽力联系您当地的居委会，协助您办理养老安置。"

"太好了，有你们帮忙，我就放心了。"随后，张大爷向我们述说自己曾经回到家乡想要办理养老安置，但因为自己什么都不懂，最终没能成功，只能回到南州继续乞讨的生活。说着说着，他的眼角湿润了。我们赶紧安慰他，表示一定会尽快帮助他老人家咨询办理事宜，把养老安置的事情办理好。

（二）尽快联系，抓紧协办

为了尽快满足张大爷返乡养老的心愿，我根据张大爷的身份信息快速联系上他户籍地的养老安置办，对方告知需要向所在社区中

169

请。经过几次电话的转介，我们联系上张大爷所在街道的社区居委会，核实了他的身份信息，并确认他没有成家，无儿无女，符合政府安置养老条件。我向居委会工作人员转达了张大爷的诉求，居委会工作人员很同情张大爷目前的境遇，答应可以先帮助他办理养老安置的流程申请。

我到张大爷经常乞讨的地方，打算把这个好消息告诉张大爷，可找来找去就是见不到他。我心里开始紧张起来：张大爷不会出什么意外了吧？随后，从其他乞讨者口中得知，张大爷近日回家乡去了。

一个月后，我再次见到了张大爷。

他告诉我说："回了一趟家，看看养老安置办理得怎么样了。可是，回去自己也不懂去哪里问，兜兜转转，就又回南州来了。"我感觉到他的着急与不安，忙告诉他居委会已经同意先帮助他走养老安置申请流程了。"太好了，这下我安心了。"张大爷对我笑了。

接着，我帮张大爷写了养老安置申请书，耐心地和他讲述办理的流程，让他在申请书上签了名，按了手印。然后，立刻把扫描件发给当地居委会工作人员。

当地居委会工作人员回复：养老中心正在装修中，装修好会尽快安排张大爷入住。

（三）进站返乡，安置养老

考虑到张大爷年龄较大，身体状况一般，随时会有些风险和意外，我们和张大爷协商，建议他先返回家乡，暂住哥哥家里，等待养老中心装修好再入住。经过多次沟通，张大爷欣然同意了我们的建议。于是，我们联系救助队，准备护送张大爷进救助站再返乡。

护送张大爷进救助站那天，我和同事带着一件外套来到圃兰，远远地看到了张大爷坐在路边等着我们。看到我们到来时，他脸上露出了灿烂的笑容。我把外套拿出来，刚刚帮助他穿到身上，接他的救助车就来了。我扶着张大爷上了车，和他一同就座在最后一排位子上。

来到救助站办理了入站手续后，救助站为他购买了当天下午六点的火车票。动身离站回乡前，张大爷要求回到平日在南州租住的地方拿行李，我和救助队立即护送他回去拿行李，而后护送他来到南州火车站，张大爷终于再次踏上回家的列车。

几天后，我打电话到张大爷户籍地居委会询问情况，居委会工作人员告诉我，张大爷现在暂住在他哥哥家，待到12月份养老中心装修好，会尽快安排他入住。

第二年一月份，我又打电话到张大爷的户籍地居委会询问，得知张大爷在上年十二月底就已经入住养老中心了。

至此，在外漂泊多年的耄耋乞讨老人，终于有了避风的港湾，开始过上了全新的生活。

32 东站的月光

我是小虎，一名无家可归者。按照我和王朝马汉的约定，我到赖敏乞讨的医院找她们一家五口人。再一次远远地看到赖敏一家，我特别后悔，那么草率地离开刮汗哥。

我快速走进急诊室大厅，犹犹豫豫地给刮汗哥发信息："好兄弟，原谅我吧，我还是希望跟你搭档，我能给你带来好运气的！"他没理我。

我继续发信息："求你了，我现在急需用钱，只需要跟着你半个月就行，全部听你指挥听你安排，好不好？"他还是没理我。

"锤子，你是不是跟刮汗哥在一起，你跟他商量一下吧，我还想跟着他，我现在遇到很大的困难。"锤子也没有回复。

赖敏一家的乞讨生活还是老样子。

见到我过来，赖敏有些惊讶地问："你不上班吗？"

"我休假几天，刚好过来给你送钱，几个老乡给你筹集了两万元钱，你随后给人家送上一面锦旗吧。"我把钱递给赖敏，装作很随意的样子跟她开玩笑。她没有推辞，表达感谢后收下了。

我尝试着问她：大概什么时候回老家去？她说再等一段时间，孩子刚好也要开学了。

社工阿欢作为赖敏一家案例跟进的骨干，天天过来，还有几个女社工：娟娟、秋丽、嘉怡、梦丽，每天分组来医院现场跟进。

"家属来吗？"我问阿欢。

"说是下午过来。"

"能跟家属走吗？"

"不确定。"

"王朝马汉呢？"

"他在忙着故事集《故事1+1：我们与无家可归者在南州的相遇》最后的资料汇编和调整，快要上机印刷啦。"

"能不能送我一本？"我很期待。

"肯定要送你的，我还写了你的故事呢。"

"怎么写的？"我迫不及待地问阿欢。

"你看了就知道了。"

下午两点钟左右，赖敏的爸爸和镇民政办的工作人员赶过来。

镇民政办工作人员拍了全部证件，跟有关部门电话沟通后，告诉赖敏说下个月可以落实几个人的低保，加起来每月有一两千元，各种医疗救助补贴需要随后再慢慢申请。赖敏似乎对结果不是太满意，坚持说要靠乞讨"自力更生"。

她爸爸在开导她。她沉默着。

她爸爸要她回家。她继续沉默。

她爸爸已经年近七十，热得汗流浃背，镇民政办的工作人员也是非常焦急。或许是考虑到爸爸和镇民政办工作人员的感受，或许是权宜之计，她终于同意先回去。因为赖敏晕车，救助队预定了下午五点钟从东站出发的火车。镇民政办工作人员先走了，她爸爸跟她们一起返回。

我和阿欢陪着赖敏坐地铁到达东站，其他人由救助车送到东站。在东站出发平台会合后，赖敏脸色有些难看，晕车加上劳累，她竟然晕倒了，由120送到附近的医院。我和阿欢、她爸爸一起跟着120救护车去医院，其他社工负责在东站照顾四个孩子。

对于是否真的晕倒，还是有意为之，已经无法考证。打完点滴后，赖敏有所好转，但却出现反复：她坚持不回老家，要继续留在南州乞讨。

从医院回到火车东站，已经是凌晨两点多。

夜幕下的火车东站静悄悄的。社工蹲在地上，正在给脑瘫的孩子喂饭，孩子在努力咀嚼着，社工耐心地等待着喂下一口饭菜。环卫工阿姨倚靠在不远的栏杆上，专注地望着喂饭的场景。

对于是马上返回原来乞讨的医院，还是先留在东站过夜，我们出现了不同的意见。经过讨论后，还是没有达成一致，我提议到东站二楼天台先休息一下，明天一早再回医院去。阿欢和我留下来，其他人陆续回家了。

东站的月光洒满每一个角落。

二楼露宿的人不多，我们选择了一个角落安置下来，先安排四个孩子和赖敏的爸爸睡觉。

"你们怎么来了？"锤子出现了。

我把锤子拉到旁边，我说你最近去哪儿了？给你发信息你也不回，是不是跟着刮汗哥去"乞讨致富"了？他说没有，他在搞销售。

"什么销售？"

"灵魂上的帮扶，就是心灵成长中心，我随后告诉你，你们饿了吧，我请宵夜。"

赖敏、阿欢、锤子和我吃着宵夜，陆续有其他熟悉的露宿者过来打招呼。对于我的突然出现，他们普遍比较震惊，应该是惊讶我还活着。

锤子拉住阿欢，两个人拼酒。阿欢说这是他跟进的最后一个案例，这个案例告一段落，他就离职回老家，王朝马汉已经签字批准了他的离职报告。阿欢有点困了，躺下来就睡。

赖敏说我也喝点吧。赖敏的酒量很好，她和锤子划拳喝酒，两个人勾肩搭背，欢快地聊着。

望着锤子和赖敏亲密地喝酒、聊天，我眼前一亮，想极力撮合一下两个人。如果能有个男人帮助她扛起这个家，她不会这么艰辛。

锤子这个人，我还是了解的，除了懒点之外，心地非常善良。

我叫锤子一起去便利店买酒。返回的途中，我拉住锤子的手，郑重地跟锤子说了我的想法。

"锤子，赖敏是我的初中同学，她没认出我来，我也没敢告诉她，她的情况比较糟糕……"

"是，她命太苦。"

"你知道，我的时间不多了，你也孤身一人，你能不能跟赖敏组建个家庭，帮助她一起照顾一下孩子们，我就是做了死鬼，也会感谢你的，锤子！"我浑身无力，给他跪下了。

锤子有点懵了："你起来，起来！"

"不行，你不答应，我不起来！"

175

32 东站的月光

"我答应不了！"

"你是不是担心没钱养家？我还有几万块钱，我都给你。"

"我真的答应不了！"锤子也有些激动，他把我塞给他的钱丢到地上。

"你看不上赖敏？她原来很漂亮的，曾经有很多同学暗恋她，她是当时的校花。"

"不是。"

"不是什么？你看一下你自己的现状，生活无依无靠，年龄也不小了，有个家庭多好！是不是？"

"不是。"

"不是什么？"

锤子把我粗暴地拽起来，我的手臂很痛。他说："小虎，我跟你实话实说吧，我是同性恋。"

我一下子懵了，不知道是不是要安慰一下他。

"小虎，你会没事的，我给你介绍一家心灵成长中心，全国连锁的，在你老家就有项目点，我正在帮你联系，你肯定可以恢复好的，到时候你就可以照顾你的赖敏了。"

"你不用安慰我，我的身体我自己最清楚。"我强行塞给锤子一把钱。有福同享、有难同当。

我沉浸在深深的自责和惊恐之中。锤子和赖敏继续划拳喝酒，我困了，躺在阿欢身边，沉沉睡去。

我的心脏手术即将开始。

冰凉的麻醉药进入血管，意识稍稍模糊，护士整理物品，叮叮当当。

"护士长，准备好了？"

"主任，还不行，麻醉效果不佳……"

"怎么会这样？"

"上次也是这样。"

"手术取消！"

33 回家，我要回家

　　我是小虎，一名无家可归者。伴随着熟悉的梦境醒来，太阳已经好高。锤子还在睡觉，赖敏和阿欢在聊着什么，我走过去。

　　赖敏的眼睛红红的，似乎一夜没睡。

　　"长毛哥，老乡，锤子都跟我讲了，你身体这么差，怎么不早点回家啊？你家里人多牵挂你啊，你知不知道？"

　　"他都说什么了？"我急切地问。

　　"锤子说了你跟着其他人去乞讨、去骗人，其他的就没了。"

　　"我没骗人，我真的有病，我的病历是真的。"

　　"病得这么严重，更应该回家呀。"赖敏把她的东西收拾得整整齐齐。"长毛哥，我不回原来的医院乞讨了，我今天就回家，你跟我一起走，我已经叫阿欢给咱们联系车票，锤子也一起去，他说要帮你介绍一家成长中心。"

　　"昨天锤子跟我说起过。"

　　"锤子醒了之后，你自己再好好问问他吧。"

　　"我不回去！"我坚持着。

　　"不回去也得回去，叶落归根，你清不清楚！你留在这里还有意义吗？"赖敏的语气不容反驳。

　　"回去又能怎么样？"我坚持着。

　　"你回家，你妹妹和你父母起码不用那么牵肠挂肚地惦记着你，而且……"赖敏拉了一下我的衣角,"我跟你妹妹通了电话,她哭得撕心裂肺的,你也要为你妹妹想一想,这么多年,她一直为你提心吊胆,你父母也一直盼着你回家。"

"我不想叫别人安排我的生活。"我还是不想回去。

"谁是别人?你妹妹是别人?你爸爸妈妈是别人?长期关心你的社工阿欢、王朝马汉是别人?"赖敏长长地叹了一口气,"只有我一个人是别人吧。"

"我不是这个意思,你不是别人,我们是老乡。"

我意识到我只能回家了。为了王朝马汉的托付,为了赖敏,我都应该跟着他们一家一起回去。先一起回家,我再自己回南州来吧。

"我回去,我跟你们一起走。"我不再犹豫,"你现在回去,孩子们的学费怎么办?"

"这个你不用管了,阿欢、王朝马汉在帮忙网上筹款,项目已经报上去,快审核通过啦。"

我的心情一下子舒畅了好多。"这次回去,不会马上又回来吧?"

赖敏没有说话,她在整理大把大把的零钱。阿欢在联系车票。锤子也醒了。

179

"我这里还有几万块钱,你拿着吧,不用再带着孩子出来乞讨,让孩子安心上学,将来孩子工作了,你的生活也就会好起来的。"

"你给我的钱已经够多啦,我不能再拿,你的身体这么差,也需要钱,我的生活我能撑住。"赖敏毫不犹豫地拒绝了。

回家后怎么办?

虽然回家对于我而言是一种负担,但为了赖敏一家、为了阿欢、为了王朝马汉、为了妹妹、为了爸爸妈妈，我已经没有了拒绝的勇气。

"时间还来得及，我先回我的无家可归者之家收拾一下。"

"不用回去了。"赖敏态度很明确。

"可是，还有那么多的东西呀……"

"没有意义的，长毛哥，回家，回家才是最有意义的事情。"

"我必须要去一下无家可归者之家。"

"好吧，早去早回。"

阿欢走过来，车票已经安排好，下午五点的车。王朝马汉也会过来送行。

因为不放心我一个人过去，也担心我不回来，阿欢叫锤子跟我一起回无家可归者之家。

我真应该听赖敏的意见，何必要回到无家可归者之家？

当我再一次站在无家可归者之家的时候，看到我的家几乎消失得无影无踪，整个场地被围蔽了起来。

谁干的？向附近的花场老板打听，说可能是铁路部门，也可能是街道，或者是城管。

我叫锤子帮忙，我们费了很大的力气翻过高高的围栏，回到我的无家可归者之家。我轻轻坐在地上，望着破败不堪的无家可归者之家，之前苦心经营的一切都消失了，只剩下锈迹斑斑的铁皮板房。我的无家可归者之家没有了，我生活的印记荡然无存，仿佛我从未曾来过。

城市隐者

"没事的，没了就没了吧，反正你马上要回家。"望着极度失落的我，锤子安慰我，"我帮你联系的成长中心已经差不多了。"

"什么成长中心？医院都没给我开药，我已经没有任何的治疗价值。"我冲着锤子声嘶力竭地喊道。

"小虎，别激动，千万别激动。"锤子紧紧抓住我挥舞的手臂，"不一样的，这家成长中心不吃药。"

"不吃药怎么康复？是不是骗子？锤子，你知道我没钱的。"

"不收你的钱，我给你联系的是免费的。"

"锤子，我不想去成长中心。"

"小虎，免费的你还担心什么，一旦恢复了不是更好？你想想，多少人盼着你好起来：你妹妹、赖敏……"

"行吧，锤子，听你的。"我不相信奇迹，但我无法放弃对于奇迹的期待，即便成空，也是期盼。很多时候，没有选择，就是最好的一种选择。

"成长中心叫什么名字？"

"飞翔心灵成长中心。"

当我和锤子准备翻越围栏回去的时候，猛然从围栏外跳进来一个人，吓了我们一跳。仔细一看，竟然是刮汗哥。

刮汗哥没有了往日的淡定，邋里邋遢的外貌，神情落寞，满身酒气。他看到我和锤子，有些诡异地笑了笑。

"你不是在发大财吗，怎么来这里了？找你也不回复。"我气愤地质问他。

"手机早都卖了，换酒钱。"刮汗哥拍拍空空的衣袋。

"好好的，怎么会这样？"我拉住他的手。

"大杨忽悠四个老人家跟着他一起组团，自立门户，我找他算账，被他叫人打了一顿，把我的车和钱都搜刮走了。"刮汗哥有气无力地应答。

"报警啊，抓他！这属于抢劫呀！"锤子义愤填膺。

"报警？报警我也得进去。"

"就这么算啦？"我拉刮汗哥坐下来。

"算了！恶有恶报，他也不会有好下场。"

"那就算了吧，搞大了对谁都不好，你接下来有什么打算？小虎一会儿就回老家，我跟着他一起去他老家，你也跟着我们一起去吧，散散心。"锤子劝慰着刮汗哥。

"我不去了，我捡捡废品、打打散工，住在这里花销也少。"

"那你还是回东站吧，那里人多，相互有个照应。"锤子还在劝刮汗哥，但他已经醉意朦胧，踉跄着走进铁皮板房。

锤子拉着我，艰难地翻过围栏。临走前，我把厚厚的一沓现金，塞进刮汗哥睡觉的铁皮板房。

没有告别，便已是最好的永别。没有时间了，我百感交集地告别了我的无家可归者之家。

我回到东站，回到我熟悉的老地方。

34　迷途漫漫，终有一归

鼎力为仁社会工作服务中心　晓春、冬杰、殷妤

每一个来自陌生人的善意，都是这个星球上永不褪色的一抹暖色调，而街面驻点的志愿者队伍，正是那抹暖色调。他们正充当着那个"陌生人"的角色，用他们一直以来的温暖与坚持陪伴着无家可归者，帮助无家可归者从社会边缘重新回归家庭与正常的生活轨迹。

这是一个发生于疫情防控期间的故事，在大家都守着自己普通市民"本分"的时刻，街面驻点志愿者队伍仍然积极投身于一线工作中，不懈地为带有"流动性大、卫生状况堪忧、防护能力弱"特性的无家可归者提供帮扶。

（一）迷途的青年

2020年9月的一天，四位于他生命中而言的"陌生人"闯入了他原本日复一日平静的流浪生活，随着志愿者们的到来，他的内心仿佛掀起了一丝波澜。

那个原本躺在桥底石凳上跷着双腿悠哉地沐浴着阳光的青年，当志愿者逐渐靠近时，如条件反射般迅速地跑到对面马路，远远地、安静地汪视着突如其来的志愿者们。

"小伙子稍后会回这里来的！"距离桥底石凳不远处的小卖部老

板笃定地告诉志愿者们。看着他瘦小的身体，担心他还没吃饭，志愿者队长洪姐从小卖部处买来饮料、饼干。果不其然，志愿者们在桥底等候了大约二十分钟后，他从远处慢悠悠地走回来，并再次悠哉地跷着腿坐在石凳上，仿佛在向志愿者们宣告着自己的"地盘"，同时闭口不回应志愿者提出的任何问题。

因考虑到人太多会让他产生更加强烈的抗拒心理，洪姐示意其他三位志愿者与他保持相应的距离，而洪姐则尝试着独自与他进行交谈。

"口渴了吧？先喝瓶饮料解解渴，我们是志愿者，对你没有恶意，只是想了解一下你遇到了什么困难，看看我们是否能够帮助到你。"洪姐向他表明身份，并向他递过去一瓶菊花茶饮料。

"你们帮不了我的！"他直接拒绝。

"你知道我们这边有个救助中心吗？我们尽最大能力帮助你。"洪姐再次将饮料递向他。

他默默地接过饮料，并小心翼翼地放在石凳旁边，洪姐很自然地拿起他身旁的饮料并插上吸管重新递给他。这小小的举动似乎拉近了彼此之间的距离，他也似乎不再那么谨慎小心了。他伸手接过饮料并望向洪姐，犹如得到眼神确认般，放下了一直以来对外界的防备心，开始大口大口地喝起菊花茶。而后两人也开始了敞开心扉的交谈。

原来名为小灯的他，四五年前就已从湖北老家来到南州打工，疫情前他曾在网吧打工，疫情期间网吧停业，他成了一个失业者。

因一直务工不着，原来打工存下的钱也逐渐花光，无奈之下他开始了长达半年的流浪露宿生活，其间行李与手机均被偷，身份证也不慎遗失，目前已与家人长期失联。

"没工作，没饭吃，只好捡废品去卖，一天下来还不够一顿饭钱，只可以买两个面包，吃了这一餐又要担心下一餐。"小灯将流浪期间的各种辛酸遭遇向洪姐一一倾诉，而洪姐也耐心地充当着倾听者的角色。

"你想回家吗？我们可以帮你联系家人。"

"我没面子见家人。"小灯的头逐渐低下去。

"一家人不要说面子不面子的问题，你还年轻，不要放弃生活……"洪姐苦口婆心地鼓励着小灯，小灯的头渐渐抬起，但眼睛却泛红了。

（二）"面"与"心"的斗争

因发现小灯身上衣服较为肮脏，洪姐与小灯约定第二天早上为他带来换洗衣物，小灯欣然答应。

第二天早上，志愿者如约来到桥底下，但小灯并未出现。

"小伙子刚见到救助车经过，跑到桥对面去了。"小卖部老板用手指着桥的另一边方向大声告诉志愿者，等待了一阵子后小灯仍未出现，志愿者只好暂时离开。

夜幕降临，桥底下人烟稀少，灯光昏暗，与附近灯火通明的居民楼形成了鲜明的对比，此时的小灯正独自坐在他的"地盘"石凳处。见到志愿者洪姐的到来，小灯会心地笑了。拿到换洗衣物及洗漱用品后，小灯立即到附近公厕进行了简单的洗漱。洗漱过后的小

185

灯显得朝气蓬勃，洪姐帮他整理了一下穿在身上的新衣服，而他也毫不抗拒地接受着这一切。在洪姐的关心与不断劝导下，小灯答应接受救助。

志愿者洪姐与耀叔早早地到达桥底陪伴小灯等待着，我和救助小分队队员随后也到达桥底，对于素未谋面的我们，他也并未显示出抗拒心理。

到达救助中心接待室，小灯对于返乡的态度却有些犹豫。

"买票回去对我来说也只是换个流浪露宿的地方而已。"原来小灯户籍在湖北孝感，但他从小就跟随父母搬去武汉租房生活，家人在他外出南州工作前就已计划在武汉购置新房子，而小灯外出南州工作后就自行更换了手机号码，也未主动联系过家人，至今小灯已多年未与家人联系。

"我不知道家人搬走了没，我也联系不上他们。"志愿者曾致电小灯父亲，但号码已为空号。小灯也曾通过QQ联系姐姐，但并未得到回应。

"如果联系上家人，你愿意回去吗？"

小灯并未给出明确的答复，但他的神情明显是不情愿的。

片刻过后，我们才得到小灯心底里的那个回应："我在外面混得不好，没脸回去，我也不想让父母担心，增加他们的负担与困扰。"

"或者你尝试一下站在父母的角度想想，你心中可能就有答案了，父母此刻也许正在担心你在外面过得怎样……"小灯眼里涌出些许泪水，似乎明白到自己终究是父母的孩子，"面子"终究抵不过他与家人连在一起的"心"。

城市隐者

"但我联系不上他们，我不知道怎么回去。"小灯的心动摇了。

"我们尝试帮你联系父母。"于是我们为期七天的"约定"开启了，小灯同意暂住一周，若其间能联系上他的父母，他将考虑返乡。

（三）"约定"期间助返乡

由于仍处于疫情防控期间，小灯办理完进站手续后被转送至隔离点暂住。为成功协助小灯返乡，我们也迅速开展寻亲服务。

几天后，小灯顺利与父亲通上电话。当天晚上，小灯父亲委托在附近城市生活的舅舅前往隔离点看望小灯，并为小灯提供了返乡途中所需的资金。由于家人无微不至的关怀，小灯脸上露出了开心的笑容，返乡的意愿也更坚定了。

经救助中心工作人员协调后，我们决定为小灯购买返回湖北武汉的车票，同时致电小灯父亲告知小灯到达车站的具体时间，届时小灯父亲将会在车站接应。

一天后，小灯父亲致电救助中心工作人员，告知已接到小灯。小灯顺利返乡，回归家庭。

（四）重拾信心，继续出发

时隔两个月后，我致电小灯父亲回访，了解到小灯已在家乡重新就业。小灯已再次融入社会。

我思考着，如果没有社工与志愿者的介入，他可能还会因为他的"面子"情节，而一如既往地继续着随遇而安的流浪露宿生活。

无家可归者群体逐渐呈现年轻化趋势，而我们在救助中心开展社工服务过程中，也发现前来求助的青年服务对象占据了较大部分，务工不着为主要求助原因。

人们往往容易给无家可归者贴上"好吃懒做"的标签，而他们为什么选择这样的方式生活呢？作为社会工作者，我们需要对他们保持中立，秉承不批判原则。而我的亲身服务经验也告诉我，他们中的大部分人也会对自己的流浪生活现状不满，但他们没有相应的就业技能，甚至没有健康的身体。一次又一次的失败经历，使得他们渐渐地丧失了对工作、对生活的信心。他们也希望融入社会，只是他们没有顺畅的渠道。

漫漫迷途中，如若有人能向他们伸出双手，或许他们的人生轨迹就可以发生改变。期待在未来的救助工作中，我们能够"因人施策"，可以针对不同情况的无家可归者群体提供精准的帮扶策略，如为具备劳动能力、有就业意愿的群体搭建就业平台，促使他们得以发挥自身所长，实现自我价值，从而改变生活现状。

35　流浪救助，让爱回家

鼎力为仁社会工作服务中心　幼婷

（一）从家综到专项，每天步行二万五千步，积极迎接全新挑战

至2015年下半年，我已经在家庭综合服务中心工作两年，比较熟悉家庭综合服务中心的工作模式，同事之间也比较熟悉，与辖区服务对象建立了较好的信任关系。但我隐隐约约感到，自己的积极性、创造性和专业性在逐渐消减。原来的同事向我推荐流浪乞讨人员社会工作介入服务项目，我觉得自己还没涉及过专项服务的工作，就决定挑战自我，来到这个项目。这是一个处于探索期的专项服务，没有模式，没有借鉴，没有指引，没有较为完整的服务指标。

刚开始时，我很有热情，每天都很勤奋，外展+夜展，寻找服务对象，提供个人建档、个案帮扶、弃讨返乡、进站救助、就业支持等服务，每天步行数达到两万五千步以上。虽然每天都是拖着疲惫的身体下班，但是能够切切实实帮助到服务对象返乡或寻找到几十年不见的家人，这促使我很有动力、成就感和价值感。

短短两个多月，我的建档数量已是项目组最多的，并顺利协助多位服务对象返乡。其中，我协助项目组年龄最大的八十六岁的河南周伯顺利返乡，也协助多名伤残长者回归家庭。我也与服务对象建立了较好的个人关系，看到他们在我的帮助下告别流浪，顺利返

189

乡、回归家庭、回归社会，给我带来了很大的鼓励，促使我更有动力、更有热情地投入工作中。

（二）面对形形色色的特殊困境群体，跨界整合社会资源

流浪乞讨人员的构成形形色色，从孕产妇与新生儿，到近九十岁的长者；有艾滋病人、肺结核病人、精神病人、高龄长者、刑满释放人员、短期工作受挫人员、家庭变故人员，有携子乞讨的，有家庭群体乞讨的，流浪乞讨原因大致集中于因贫、因残、因利、因故。这也决定着这项服务的诸多不确定性：价值感、成就感难以维系，服务成效及成果难以固化，服务模式难以探索。

三个月后，我的工作逐渐变得困难，我开始接二连三地接触到很多较难处理的个案，一个月里拨打110和120的次数不少于十次。这是我人生第一次拨打这些号码，也是次数最高的一个月。同时，在服务过程中，我发现有的人表示自己患有传染性疾病，有的人身体极度不适，有的人返乡后再次陆续返回南州，这些都在打击着我对这份工作的信心。

其中，印象最深刻的是西北的韩大哥。重度烧伤的他曾经吞食指甲钳、镊子和打火机等物品自残，针对他的情况，我多次拨打了110和120请求协助，以此帮助他获得社会支持。体检过程中，医生告知我，韩大哥患有肺结核传染性疾病，有病灶了。这是项目组第一次接触到确诊患有肺结核的服务对象，这个体检结果使我担心起自己的身体健康，害怕被感染了，承受着巨大的心理压力，情绪非常低落。项目组同事与机构管理层主动介入此事，妥善安置韩大哥

顺利返乡，返乡后在他姐姐的帮助下，手术顺利，转危为安。机构也安排项目组社工体检，体检结果是没有被感染，我才如释重负，拥有重获新生的感觉。这使我更加珍惜生命，认识到在服务过程中，社工应保护好自己的人身安全的重要性。同时我也意识到，如果服务对象了解到自己患有传染性疾病，他们也会有情绪和担心，他们更需要社工的支持与帮助。

项目组及时出台《员工手册》和《服务指引》，针对不同特点的服务对象，进一步明确服务流程，并外出参观交流学习，举办预防传染病的专业培训；链接公益资源、政府资源，开展多方位的技能培训。随着个案服务数量的不断增加，个案服务的类型也多样化了，对老弱病残、患有传染疾病、疑似精神疾病和孕产妇等情况，我们逐渐能够从容应对。我重新梳理了自己的服务方式，恢复了工作的动力，重新充满活力地继续开展服务。

（三）面对生离死别，开展服务对象追思会

在一个月的时间里，我正在服务的两个对象相继去世了，陈伯是车祸离世，王大哥是患病去世，而且我与他们都建立了半年以上的服务关系。

救助帮扶王大哥期间，我帮助他拨打过110和120，让他获得医疗支持，并联系了救助站和救助队工作人员，链接资源为他住院期间获得帮助。然而他拒绝继续接受常规性治疗，他希望自己能够少一点治疗的痛苦。通过身份信息，我联系上其户籍所在地镇政府，得知他家里只有一个行动不便的妈妈；又联系了当地县民政局，希

191

望当地政府、亲属能够来南州接回他，机构也积极链接各方资源帮助他。然而在等待的过程中，王大哥不幸离世。

得知王大哥、陈伯去世时，我也曾经失声痛哭，我没有能力让他们健康地生活。面对服务对象的离世，我曾经质疑过自己有没有提供给他们最需要的服务？

经过精心的策划和筹备，项目组举办了一次"流浪乞讨项目团队服务对象追思会"，共同缅怀四位离世的服务对象，共同分享服务中的点点滴滴，也共同厘清服务中的困境与积极构思应对策略：既要能走进服务对象的内心，又要能放得下。我写下留言："谢谢陈伯一直对我们社工的支持，与你聊天的时候挺开心，也看过你开心玩乐的一面，愿你在天国生活得更好。""愿王大哥到天国之后，没有痛苦，没有烦恼，选择你想过的生活吧！"

这种因为服务对象离世的内疚感、无力感，在跟进半年多的广西龚伯返乡养老安置工作顺利完成后，也很自然地完成了一次逆转：社工服务是有价值的，社工服务同样面临一定的局限性，服务不可能惠及每一个人，但可以带动每一位服务对象的深度思考、自我转变和积极行动。

龚伯在南州流浪二十几年了，没有成家，也不愿意返乡寻找家人帮助，他觉得自己居住的房子已经破旧得不能住人。我征得他的同意后，主动收集了他户籍所在地的社会保障信息，通过多方途径联系上他的侄子，并链接资源为其做相关的身体检查，进站返乡。龚伯在返乡安置养老后，感觉非常开心。

经历过这些事情，我觉得自己能够从容面对了，能够以一个专业社工的视角去帮助服务对象。我们要尊重服务对象的决定，对于他们的需求情况，结合现有的服务资源，让他们了解，我能够提供哪些服务，从而一起来制订服务规划。

（四）总结提炼成果提高成效，多方参与实务研究

除深入一线服务之外，我积极参与实务研究，总结提炼成果提高成效，协助项目组完成《社工服务手册》《社工服务指引》。

我撰写的典型服务案例入选《优秀案例汇编》《流浪乞讨人员社会救助案例汇编》《扶贫济困视角下的城市流浪乞讨人员社会工作介入》《故事1+1：我们与无家可归者在南州的相遇》等书册。

我清楚地知道我不是万能的，但是我愿意陪伴我的服务对象，适时疏导他们的情绪，协助他们寻找家人，积极链接社会资源。这些都是我已经做过的事情，并也将持之以恒。

36 好好生活，一切都会好起来

鼎力为仁社会工作服务中心　诗禹、舒淇、树琳

（一）没有身份证，我还能回家吗？

初次见到琴姨的时候，她给我的印象便是弱小，以及特别爱干净。

琴姨很娇小，穿着干净整洁，她会一遍又一遍地擦拭自已要坐的凳子，别人为她倒的水也必须亲自擦过杯子才喝。

在帮她办理入站手续的时候，琴姨告诉我们，自己已经在南州待了三十年了。当初是因为经常跟父亲产生矛盾，所以一气之下离家出走的。她除了父母之外还有一个弟弟和一个妹妹，离家后就再也没有跟家人联系过了。同时琴姨还说，当时出来的时候年纪小，不懂得身份证的重要性，那个年代买票也不需要身份证，所以根本没想着要带身份证出来。在南州的三十年，就因为没有身份证，她只能依靠打散工来生活。

她也不敢告诉别人自已没有身份证，只说是身份证不小心丢了，碰到好心的老板才愿意给她包吃包住的待遇，说可以等她随后再补办身份证，但每次的结局都是因为她迟迟拿不出身份证而被辞退，彼时她已经半年多没找到工作了。

由于琴姨没有手机也没有身份证，她的行程轨迹无法证明，按照防疫政策规定，需要先在救助站隔离一段时间。我耐心地跟琴姨

解释了隔离的原因后，她低着头反复揉搓着自己的双手，许久后小心问道："那，那我没有身份证，我还能回家吗？"

看着琴姨小心期待的眼神，我安抚她先在救助站耐心等待，关于身份信息的事情，会根据她提供的地址查询，我们有很多相关的经验，不要太担心。

"能回家就好，能回家就好。"

（二）一直在伤口里幽居

"在外的这三十年我无数次想回家。"

"那你为什么不回去呢？"

"因为我害怕啊。"

这一段对话发生在我和同伴一起去救助站女区看望琴姨，想跟她了解有关家庭信息的时候。

琴姨告诉我们，从小到大她就不是很聪明的小孩，弟弟妹妹都比自己会读书，在家的时候爸爸经常责骂自己，所以才会受不了跑出来。这么长的日子，她无数次想回家，但是只要想起爸爸就放弃了回家的念头。

195

"我很怕的，现在想起爸爸来，我都会发抖的，你们都不知道，那竹条啊，打在身上我很疼呀。"琴姨如是说，聊到这里，她眼中有着化不开的恐惧，甚至身体都开始微微发抖。

看到琴姨在三十年后依然视过去的记忆如洪水猛兽时，我脑中突然就跑出了仓央嘉措的一句诗：你一直在我的伤口幽居。"幽居"——清冷、悄然、不动声色，却一直都在那儿，活在她的伤口里。哪怕过去再长的岁月，哪怕知道父亲已经是个七十多岁的老人了，当初的那种恐惧依旧深深地刻在她的脑海中不曾褪去。

工作人员告诉我们，琴姨曾说自己2005年因为胃穿孔动过手术，之后便一直患有胃溃疡，需要靠药物维持病情，这几天没有胃口不想吃饭。在我们说既然胃不好更要按时吃饭的时候，琴姨低下头沉默了。

就在大家以为她不会再开口时，一直低着头的琴姨先是小声啜泣，然后突然失声痛哭起来："我没有身份证，离家又太久了，已经很难找到亲属了，我都那么久没联系过家里人了，说不定户口也被注销了，再也没有人愿意管我了，再也没有了。"

看着琴姨哭得厉害，我心里也觉得心酸，如果当初父母能换一种温和的方式来教育她，也不至于与家人分别三十年。我安慰琴姨说："您别这么悲观，曾经我们也多次遇到过相同的情况，都顺利找到了家人，别人甚至连家里信息都不记得，您却记得清清楚楚。这只是时间问题，您现在要做的就是好好吃饭、照顾好自己，耐心等待结果就好了。"

196　　　在我们不断地安慰下，琴姨情绪慢慢稳定下来，并答应等会儿饿了就吃，随后给我们写出了自己所有家人的姓名与曾居住的地址。

（三）努力去靠近她

随后社工与救助站工作人员一起根据琴姨提供的信息开始帮她寻亲。通过一周多的多方寻亲，终于帮琴姨找到了家人。琴姨很是开心，已经和弟弟通上电话了！不过弟弟告诉琴姨，她的户籍确实是被家里人注销了，因为好多年都没有她的消息，家里人都以为她已不在世上。而且琴姨也从来没有办理过二代身份证，所以系统里根本没有她的指纹信息。琴姨很担心自己会因为没有户籍就回不去家，工作人员耐心地跟她解释了一遍救助寻亲服务流程，琴姨表示理解。因为已经联系上了自己的家人，她露出了难得的笑容。

过了几天，工作人员告知我们，琴姨不愿进食，甚至连水都不愿意喝。听到这个情况，我们都很担心琴姨的身体会吃不消，连忙跑去询问琴姨不愿吃饭的缘由。而这时的琴姨已经没有最开始对待我们的热情和信赖了，她神情冷淡，表示自己不想活了，已经过去这么久了，整件事情也没有任何进展，一定是弟弟不愿管自己了，所以没有心情，不想吃饭，饿死了一了百了。

我们帮她分析说："弟弟与您多年未曾见过，并且您离家的时候弟弟还小，对您的印象也不深，要确认您的身份信息是需要时间的，再加上户口也注销了，更是需要时间，这并不是不想管您了，现在所有人都在积极帮您沟通的。"

"你们都是骗人的！"琴姨情绪激动地指着我们，"我明明看到新闻上说办理身份证很快，为什么拖了几天了都没消息，肯定是你们不想管我！"

我们向她详细解释了关于办理身份证的流程，尤其是像她这样户籍被注销的情况更不是说办就能办的，大家都在尽力帮忙，现在每个人都很关心她，很担心她的身体。

可无论大家怎么说，琴姨都不再理睬，甚至直接背对着社工躺下，拒绝交流。大家只能先离开，让她一个人先冷静。走出房间后，透过窗户可看到琴姨落寞地躺着，还隐约听到她哭泣着："我就是想回家，怎么这么难。"

斜阳在楼顶上挂着，始终是一滴眼泪的形状。在这已经回暖了的天气里，好像也感受不到丝毫的暖意。

（四）一切都会好起来的

工作人员告诉社工，他们在与琴姨聊天时，发现她好像已经感受不到饥饿与口渴了，并且将自己的大小便都装进塑料袋里放在了床上，甚至还有出现幻觉、自言自语的现象。我们去琴姨的房间看望她时，发现她嘴唇开裂，精神也没有刚进来的时候好了，说话时也会不自觉地舔嘴唇，还一直咳嗽。我便马上给她倒了一杯水，希望她可以先喝点水。但是琴姨还是拒绝，说要等到出站的时候再喝，只要自己上火车了就会吃东西的，现在谁也别劝她。

大家只好将食物和水放在旁边，问琴姨：已经得知大家在帮她核实信息，没多久就可以回家了，为什么还这么担心。

琴姨告诉我们，昨天她和母亲通了一个多小时电话，母亲告诉她地址。但是母亲说自己年龄大了，有心无力，不能来接，希望她不要怪自己；还表示她弟弟是因为一天都在开会，来不及处理这件事。

"得了吧，我弟弟就是不想管我，才会找出这样的借口，等我回去了，我也不会再理他了！现在弟弟不管我，我妈妈年纪又大了，没办法管我，所以你们说什么很快就能回家了，肯定都是在诓我，根本就没人愿意管我！"

我们知道现在说什么琴姨都是听不进去的，只能再次安慰她，真的会送她出站，家人也是愿意与其相认的，并嘱咐她等会儿尽量吃点饭，把牛奶喝了。然后，我们就先离开了。

　　苍天不负有心人，经过大家的不懈努力，终于通过琴姨的叔叔得到了琴姨的第一代身份证信息！随后我们立即打电话给琴姨的户籍地派出所，请求对方核查琴姨的户籍情况，并且将先前查到的琴姨的第一代身份证的号码告知了对方。对方通过系统查询不到琴姨的信息情况，表示需要详细查询，我们连忙发函到当地公安局，终于顺利查询到她的相关信息。

　　琴姨终于可以回到她心心念念的家乡了！

　　我们马上就将这个好消息告诉了琴姨。得知自己这次真的可以回家了，琴姨高兴得湿了眼眶，冲着我们不住地感谢。看着琴姨灿烂的笑脸，我笑着说："这下您终于可以放心了，回家后早点办好户籍，好好生活，一切都会好起来的。"琴姨连连点头，说："是是是，一切都会好起来的。"

　　一切都会好起来的，我每次在遇到困境的时候想想这句话就会充满了力量，但我觉得前面应该再加上一句话：只要你肯去努力。只要你肯去努力，一切都会好起来的。

199

37　无家可归者之家

　　我是小虎，一名无家可归者。我和锤子、赖敏一家人终于返回了家乡的小镇。遗憾的是，在南州出发前，我没有见到王朝马汉，阿欢说王朝马汉遇到了紧急的事情，没有时间来送我们。

　　赖敏一家人跟着她爸爸走了，我和锤子跟她们一家人默默告别。赖敏叫我好好休养，我嘱咐她照顾好孩子们。

　　她十六岁时候的样子，在我的记忆里越来越模糊，我不得不承认，时间让我们慢慢忘记着不该忘记的往事。而现在的她才是真实的她，拖家带口，乞讨度日，用放弃尊严的方式，极力维护着一家人最后的希望。面对命运的安排，她没有逃避，而是勇敢地去面对。为了孩子就读好的学校，她可以躺在校门口"示威"；为了一家人能够衣食无忧，她可以放下所谓的"面子"，风雨无阻，坚持"职业"乞讨。

　　犹豫好几次，我还是没有勇气告诉她我是小虎，我是她的同桌。她记不记得我是谁，不再重要。时间的沙漏里面，我们别无选择，往往只能随波逐流，沉浮着，沉默着。

　　我带着锤子回家，路过家门，没有进去。我带着锤子继续走，我们走到我家的田地里。

　　我爷爷、奶奶的墓地都在我家的田地里。我告诉锤子，有一天我也将会埋在这里，永远陪伴在爷爷、奶奶身边。锤子说你没事的，我清楚他在安慰我。锤子说他还要打几个电话，他到附近的小树林里等我。

我有些累了，躺在爷爷、奶奶的墓地旁边。此时此刻，我静静地躺在家乡的土地上。风吹过山冈，吹过田间，吹过四季，吹过过去。

四十年的光阴转瞬即逝。我很惭愧，没能给家庭带来任何的帮助，没有尽到长子应尽的责任。我一直逃避亲情的抚慰，让亲情成为一种保持着距离的牵挂。我很无奈，流浪漂泊成了我的生活方式。我很无用，无力去帮助任何人。

爷爷、奶奶的墓地边上有打碎的酒瓶子、烟头、纸钱的灰烬，这些祭奠的痕迹让我的眼泪一下子流下来，我已经不记得上一次来看爷爷、奶奶是多久之前的事情。

可能就在不久的将来……谁又会来祭奠我呢？所有悲伤之中，最大的悲伤不是时光匆匆而逝，不是生活中的种种艰辛，而是不知道所谓的悲伤跟谁倾诉。

死亡意味着什么？未来在哪里？

妹妹打来电话，问我到家了吗？我告诉妹妹我到家乡的小镇了，还有点事情要办，办完事情再回家。

妹妹还想再劝导我，我以手机信号不好为由，匆匆挂断了电话。我给妹妹转过去一笔钱，什么留言也没写。对于妹妹，我更是有着深深的愧疚。

锤子兴奋地回来找我，把我拉起来，叫我跟他走："小虎，飞翔成长中心可以帮你康复！"

飞翔成长中心南方分部位于我家附近的一座小岛上。小岛原来是一处景点，后来慢慢地衰落了。锤子说这是一家以"精神疗愈"为核心的成长中心，全国连锁，他是其中的业务员之一，专门收治大病、重病等疑难杂症的病人。

　　我依然不太放心，问："锤子，靠谱吗？"

　　锤子说靠谱，而且我的康复费用全免。我将成为这里第一例年龄超过四十岁的先天性心脏病患者。

　　"锤子，这家中心有没有执照？"

　　"有的，总部在南州，全国连锁。"

　　"是专业的医院吗？"

　　"不是医院，是成长中心。"

　　"锤子，到底是什么样的成长中心？专业为濒临死亡的人提供康复服务？"我还是非常担心，但我又不愿意就这样回到家里，我没有勇气面对我朝思暮想的亲人。

　　"小虎，不用了解那么多，你去了就知道了。"

　　"你是怎么加入这个中心做业务的？应该有集中的培训吧？你一直都没提起过啊。"

　　"小虎，这是秘密。相信我吧，我不会害你的。"

　　"锤子，我相信你，我现在这种情况还有什么可以值得你去害的，但为什么我可以免费？"

　　"小虎，你的病症具有一定的代表性，我已经帮你联系很久了。"

　　我和锤子到达成长中心的时候，前台的工作人员非常热情，也非常谨慎，反复核对锤子的业务员编码，并详细登记了我的资料信息，一定要我留下紧急联系人的电话。我留下了妹妹的联系方式。

锤子频繁地接听电话，有大业务需要跟进，他要马上返回南州。他嘱咐我好好康复，等我好了，他再来接我回家。

"锤子，无论如何都要谢谢你，我还有一件事情想委托你帮我办一下：我和刮汗哥在南州的莲花寺乞讨过一段时间，那里香客很多，寺庙里可以捐建灯柱，你帮我捐建一个，名字就写我的全名吧。"

"小虎，估计那就是骗人的，你把钱留下来自己用吧。"

"不会骗人的，你回去后帮我办好就行。"我把自己最后的一把现金，强行塞给了锤子。

飞翔成长中心南方分部收治了几十个病人，办理好手续之后，工作人员领我参观了活动室：十几个人围成一个圆圈，在导师的带领之下热身。

导师说："人之所以有各种各样的疾病，是因为精神上压力太大，所以我们现在要专注，再专注……"

导师挥臂高喊："好！很好！！非常好！！！"

其他人也兴奋地高喊："好！很好！！非常好！！！"

怎么有点像传销组织呢？来不及细想，工作人员带领我穿过活动室，我被带到我的房间前。房门上有个醒目的牌匾：无家可归者之家。

"无家可归者之家？"我好奇地问。

"成长中心里每个人的房间都有一个诗意的名字，有无家可归者之家、有似水年华、有百年孤独、有平凡的世界、有清明上河图，你不喜欢的话，我给你换一间。"

"不用，无家可归者之家，我喜欢。"

一条可爱的小狗，悄悄出现在我的身边，很亲昵地用尾巴蹭着我的裤脚，有着似曾相识的亲切感。

工作人员解释："每个人都会有一个小动物作伴，有小狗、有小乌龟、有小金鱼，不知道你喜欢什么小动物？"

"我喜欢小狗。"

"狗是人类的好朋友，我也喜欢。"

"它叫什么名字？"我好奇地问道。

"红。"

"红？"

"我们公司的创始人是从作家转型到商海的，属于典型的儒商，创始人最喜欢的一本书是《我的名字叫红》，好像是获得诺贝尔文学奖的小说。"

我累了。红乖乖地守护在门外。我在无家可归者之家沉沉睡去。

我的心脏手术即将开始。

204

冰凉的麻醉药进入血管，意识稍稍模糊，护士整理物品，叮叮当当。

"护士长，准备好了？"

"主任，还不行，麻醉效果不佳……"

"怎么会这样？"

"上次也是这样。"

"手术取消！"

第一稿完成于2018年8月

第二稿完成于2019年9月

第三稿完成于2021年6月

第四稿完成于2022年12月

后记　让漂泊的心不再流浪

　　命运在我面前关上一扇门的同时，也为我缓缓打开了一扇窗。我在别人的生活里能够依稀窥见自己原本可能的生活的蛛丝马迹，我被这样可能的生活推着往前走，不知疲倦，我甚至强烈地感受到这应该就是我的生活。我生活在我可能的生活里。

　　当我再一次打开《城市隐者》初稿，顺畅地敲击出上面的一段文字的时候，我暗暗下定决心：这次一定要把最终的修改稿完成。那是2021年5月29日的深夜，作为广州社工抗疫突击队的第一批队员，我正身处广州市荔湾区的封控区内，结束一天忙碌的抗疫支援服务。我反复看着手机上的微信留言："王哥，广州疫情严重，注意安全！"这是书中主人公原型小虎的妹妹下午发过来的，这让我为前几次无功而返的书稿修改工作倍感惭愧。

　　尽管小虎去世几年了，但他的妹妹一直跟我们团队的社工保持着联系，重大节假日里，我们总会收到小虎妹妹的问候。虽然我们未曾谋面，但因为小虎所产生的联结，仍在继续，那是对于美好时光共同的回望与珍重。

城市隐者

我觉得，我有必要给小虎一个交代，更有必要给岁月深处的守望相助，一个暖心的回应。所以，我又用了一年多的时间，历经两次修改和完善，最终完成了内心的约定。

　　这是一个关于无家可归者的故事。

　　主人公小虎是项目组所有社工都非常熟悉的服务对象，甚至我们每一个社工都与他有着愉快的互动和交流。披肩的长发、淡然的心态，他用自己独特的生活方式在默默抵消着命运的重压：先天性心脏病，流浪漂泊近二十四年。

　　无论是被边缘化，还是甘于边缘化，他的生活轨迹始终与这座城市的主流人群保持着若即若离的状态，走不进去，也走不出来。所以，他只好加入流浪、露宿的群体中，以一个特殊的符号来保持个体的存在感。

　　死亡是什么？我不知道。我只知道，小虎所经历的正是通往死亡的历程，这个历程没有正常人会经历的自然衰老，也没有岁月的沉淀，他只体味到了先天性心脏病所带来的病痛与恐慌，以及恐慌之后的麻木、困顿与无助。这么多年，他"蜗居"在自己的世界里，逃避亲情，拒绝跟家人在一起，害怕陌生人离他太近，却又极度渴望得到他人的关怀。他需要跟外面的世界和解。他更需要自己与自己的和解。

　　这是一个关于社工的故事。

　　2011年开始从事专职社会工作，2015年专注于无家可归者救助服务工作，许多服务过程中的人、故事与生活并没有被遗忘，却也没有沉淀下来，只静静地潜伏在记忆深处，不停地沉浮。唯有将其记录下来，才自觉无愧于曾经一起走过的日子。2015年的第一批社工团队中已经有三分之二的人员陆陆续续离开，因为服务对象的特殊性，服务过程中还会面临被追打、遭受谩骂、各种传染性疾病的威胁，等等，所以流失率稍稍偏高。而第二、第三、第四批社工伙伴们，前仆后继，陆续加入服务行列中，传递着鼎力为仁的坚守与执着，传承着专业社工的理念与践行。

在无家可归者救助服务过程中，以90后、00后为主体的社工团队，听到了太多的酸甜苦辣，看到了太多的悲欢离合，见证了太多的奇闻轶事。无论是无家可归者，还是专职社工，都有着共性的心路历程：纠结、迷茫、无助、无奈，还有感动。而这份五味杂陈的心路历程，或者因为人，或者因为事情，成为社工团队伙伴们成长道路上最为珍贵的自我陪伴。

于我个人而言，作为社工团队的发起人，感动于团队伙伴们一起走街串巷的时光，以仗剑走天涯的豪情，扛过一段段难忘的时光。我很庆幸自己能够成为团队的一员，在不同的伙伴身上，感受到坚韧、温暖以及对这个世界的爱。当然，更要感谢陪伴着无家可归者一起勇敢面对生活的各方救助力量：爱心人士、公益团队和政府救助体系的工作人员。

特别感谢广东省民政厅、广州市民政局、广州市天河区民政局、广州市海珠区民政局、广州市番禺区民政局、广州市南沙区民政局、广州市白云区民政局、广州市救助管理站、广州市救助管理站市区分站、广州市番禺区救助管理中心等政府救助管理部门的积极主导和有序规范，使得社工、志愿团队与无家可归者能够相互陪伴，共同演绎一个个久别重逢的团聚。感谢广东省社会组织总会、广州市慈善会、广州市社会工作协会、广州市志愿者协会、广州市社会组织联合会、广州市公益慈善联合会、广东省钟南山医学基金会、广东省千禾社区公益基金会、广东省丹姿慈善基金会、广东省岭南教育慈善基金会、广州市小鹏公益基金会、让爱回家、暖加公益、蜗牛公益、淼爱志愿服务队、羊城花园志愿服务队等公益合作伙伴们的鼎力支持、合力救助，救助一人，幸福一个家庭。

一个单薄的身体与倔强的灵魂注定难以承载太多的重担，好在有你在，有他在，有许许多多的我们在一起。

这也是一个关于行动研究的故事。

2018年10月，我在广州公益慈善书院MPS班顺利毕业。我的毕业行动研究课题就是这部《城市隐者》。广州公益慈善书院是中国首家以公益慈善教育与文化研究为主旨的书院，由广州市慈善会、千禾社区基金会、原中山大学公益慈善研究院三家机构共同发起成立。书院沉淀20年公益人才培养经验，依托国际性学术网络，汇聚全国一流公益教师，与中国基金会发展论坛联合举办了MPS公益慈善领军人才研修班。

感谢几年时间里陪伴我们MPS班2016级学员一起成长与探索的诸位导师：朱健刚、古南永、蔡禾、柯倩婷、周如南、景燕春、武洹宇、陈舒、胡小军、夏林清、顾远、聂铂、曲栋等。更要感谢一起走过难忘时光的MPS班2016级学友们：公益慈善书院雪红和海滨、丹姿基金会志勇、千禾基金会妙婷、穗星社工俊华、典辰农业万硕、恤孤助学会钧泽、满天星公益高原、无障碍研究会华妹、粤明人力碧丽和锦坚、杨佳、隽赫、曾艳、早英、东梅、杨慧、陈欣、秋月、良广，以及MPS班的各届院友：2013级的中芳、跃云、徐丹、荣臻、晓均、忠伟，2018级的江波、剑锋、观明、志均，2020级的马文、安安、刘欣、锦燕、峻哥、大赵、玉成，2021级的莫凡、海波，等等。在导师和院友们的鼓励之下，几经修改，本书才得以面世。

感谢本书的第一批读者——我的家人、朋友和社工团队小伙伴们的持续关注，他们既有毫不留情的批评，更有海纳百川的包容，尤其是从业经历和自身体型都是重量级的中芳、锐哥、隆君，多次催促我放下"精益求精"的执念，尽早"结案"。

对于文字的深度热爱，缘起于大庆新闻传媒集团杰文、保民、蒙松、郭瑛、王凯、丛军等良师益友的不断鞭策。几年媒体记者和责任编辑的职业生涯虽然短暂，却让我受益多多。1998年从大庆外派到广州，并扎根在广州，那段漂泊而燃情的岁月，让我习惯于用笔去记录生活中的点点滴滴。

虽然恨铁不成钢，但梦亦非、黄礼孩、世宾、安石榴、龙扬志等诗人、小说家以及评论家，还是给予了耐心的专业指导，我在此一并表示诚挚的谢意。

每一个生命都需要被尊重，每一个故事都值得被倾听。让漂泊的心不再流浪，让角落里的人看到春天。

王连权

于广州市番禺区南浦岛

2022年12月22日